Das Buch:
Eine Reisegruppe aus Deutschland freut sich auf einen entspannten Urlaub im Gartenhotel Moser in Montiggl/ Südtirol. Doch schnell wird die Freude getrübt:
Der Hotelchef Wolfgang Moser wird entführt! Er soll angeblich mehrere Werke des berühmten Südtiroler Malers Max Parer versteckt halten. Nachdem der zuständige Commissario Roberto Pagani den Fall nicht ernst genug nimmt, muss die Hotelchefin Christine, zusammen mit einer kleinen, mutigen Gruppe Hotelmitarbeiter, das Problem selbst in die Hand nehmen ...

Die Autorin:
Monika Martin ist Sozialpädagogin und arbeitet als Autorin und Stadtführerin in Nürnberg.

In ihrer Reihe *„Krimis mit Geschichte"* verbindet sie ihre literarische Tätigkeit mit ihrem regionalgeschichtlichen Engagement zu Kriminalromanen mit Fakten aus der Nürnberger Stadtgeschichte.
In den Krimis der Reihe *„Ermitteln, wo andere Urlaub machen"* nimmt sie die Leser mit an Orte und Schauplätze, die sie selbst oft und gern bereist hat: Ungarn, Italien, die Nordseeküste und Südtirol.
„Bilderrätsel" ist in Zusammenarbeit mit dem Gartenhotel Moser (Montiggl/Südtirol) entstanden.

Im November 2018 wurde ihr der Elisabeth-Engelhardt-Literaturpreis verliehen.
Monika Martin lebt mit ihrer Familie in Schwanstetten bei Nürnberg.

Monika Martin

Bilderrätsel

Commissario Pagani ermittelt am Montiggler See

Bibliografische Information der Deutschen Nationalbibliothek:
Die Deutsche Nationalbibliothek verzeichnet diese Publikation in der
Deutschen Nationalbibliografie; detaillierte bibliografische Daten sind im
Internet unter http://dnb.d-nb.de abrufbar.

Dieses Buch ist auch als E-Book erhältlich

Zweite Auflage im Januar 2023

Copyright © 2015 by Monika Martin
Titel der Originalausgabe: „Bilderrätsel - Ein Gartenhotel
Moser Krimi"
Layout und Gestaltung: M&M Logistics
Fotos: Michael Endres

Herstellung und Verlag: BoD – Books on Demand,
Norderstedt

ISBN: 9783756855896

Prolog

22. Dezember 1969

Ein eiskalter Wind fegte durch das tiefverschneite Tal, die Äste der kahlen Bäume bogen sich unter der ungewohnten Last. Links und rechts der schmalen Straßen türmten sich riesige weiße Wände auf. Nur selten hatten die Menschen im Süden Südtirols solche Schneemassen erlebt. Die beiden Montiggler Seen waren zugefroren, es herrschte seit Tagen strenger Dauerfrost.

Auch heute, am kürzesten Tag des Jahres, hingen dicke, graue Wolken am Himmel. Es war den ganzen Tag über nicht richtig hell geworden.

Fest in ihren Mantel gewickelt, den wollenen Schal mehrmals um den Kopf geschlungen, stapfte Margarete am frühen Abend den schmalen Pfad entlang zum Schlösschen. Der voll bepackte Korb mit Brot, Schinken, hartgekochten Eiern und so manch anderen Leckereien wog schwer in ihrer blaugefrorenen Hand. Sie wusste, dass der alte Mann bereits sehnsüchtig auf sie wartete, und das nicht nur wegen der Verpflegung, die sie ihm seit Jahren regelmäßig vorbeibrachte. Nein, es war auch ihre Gesellschaft, nach der sich Max Parer sehnte, die er sich mehr herbeiwünschte, als alle Brote dieser Welt. Auch Margarete genoss die Zeit mit dem verschrobenen Künstler, der ihr Großvater hätte sein können. Sie liebte den Geruch von Farbe und Terpentin, die anregenden Gespräche im stets überheizten Wohnraum des alten Schlösschens.

Nach einem langen, kräftezehrenden Arbeitstag als Zimmermädchen im nahe gelegenen Hotel kostete es sie oft einige Mühe, sich aufzuraffen und den einsamen Weg zu dem abseits gelegenen Anwesen auf sich zu nehmen. Doch für die Stunde der Ruhe, für die Freude, die sie dem alten Mann mit ihrem Besuch machte, war sie gern dazu bereit.

Sie hatte nicht viele Freunde im kleinen Ort Montiggl, denn es haftete ein Makel an ihr:

Sie war unverheiratet und hatte einen Sohn. Der Vater des Kindes hatte ihr damals eine gemeinsame Zukunft versprochen, einen eigenen Hof, eine große Familie. Doch als herauskam, dass sie schwanger war, hatte er sie fallen lassen. Seither war sie allein mit ihrem Jungen, kämpfte sich durch all die Schwierigkeiten, die das Leben als ledige Mutter mit sich brachte.

Sie war unendlich froh und dankbar gewesen, als sie die Stelle in dem Hotel der Familie Moser bekommen hatte. Max Parer war es egal, ob sie verheiratet war oder nicht. Er machte sich nichts aus den engen gesellschaftlichen Moralvorstellungen, mochte und schätzte sie so wie sie war.

Seit nunmehr fünf Jahren kümmerte sich Margarete um den Maler, war oft die einzige Person, die er zu Gesicht bekam.

Seit fast 40 Jahren lebte und arbeitete er zurückgezogen in dem alten Haus. Er liebte seine Südtiroler Heimat und hielt diese Heimatverbundenheit in stimmungsvollen Motiven von Almen und Bergen fest.

Leider schätzten die Leute seine Kunst wenig. Mit dem Erlös aus dem Verkauf der Bilder verdiente er kaum genug, um über die Runden zu kommen. So nahm er dankbar die Hilfe aus dem nahen Hotel an, die ihm regelmäßig mit der freundlichen jungen Frau geschickt wurde.

Schemenhaft tauchte das alte Gemäuer in der Dunkelheit auf. Im Fenster sah man den flackernden Schein einer Kerze, aus dem Kamin stieg Rauch auf.

Margarete schluckte.

Womöglich war dies ihr letzter Besuch hier.

Parer war krank. Er weigerte sich, ins Krankenhaus zu gehen, sprach immer wieder davon, hier in seinem Haus sterben zu wollen.

Morgen früh wollte sie zu ihrer Schwester in die Stadt fahren, um dort die Weihnachtsfeiertage zu verbringen. Wenn sie in einer Woche zurückkommen würde, lebte er vielleicht schon nicht mehr.

Sie spürte einen Kloß im Hals, ihre Lippen zitterten, warme Tränen rannen ihr die eiskalten Wangen hinab. Mit klammen Fingern zog sie ein Taschentuch hervor und wischte sich über das Gesicht. Parer durfte nicht sehen, dass sie geweint hatte, es würde ihn nur beunruhigen.

Margarete atmete tief durch und klopfte.

Eine Stunde später stand sie wieder draußen im schneidenden Wind und hielt den Schlüssel zum Vorratskeller in der Hand. Er befand sich nur wenige Meter vom Haus entfernt und war in eine kleine Böschung eingegraben worden. Mit klammen Fingern öffnete sie die wackelige Tür und trat hinab in den dunklen, niedrigen feuchten Keller. Ein leicht modriger Lufthauch streifte ihr Gesicht. Der Raum war nicht mehr als ein Erdloch und maß etwa drei mal drei Meter. Im schwachen Schein einer Taschenlampe ließ sie den Blick über morsche Regale, zerfledderte Kartons und allerlei Gerümpel schweifen. In einem Weidenkorb moderten eine handvoll gammeliger Kartoffeln vor sich hin.

Irgendwo hinter einem der halb verfallenen Schränke musste die Tür sein, die angeblich in einen geheimen Raum führte.

Margarete trat auf ein schmales, halbleeres Regal zu und versuchte, es zur Seite zu schieben. Schnell war der Spalt groß genug, um dahinter leuchten zu können – Nichts!

Auch hinter dem zweiten Schränkchen war keine Tür zu erkennen. Blieb nur noch ein massives, mit unzähligen Einweckgläsern vollgestelltes Regal.

Margarete seufzte, legte die Taschenlampe auf den Boden und begann damit, die Gläser vorsichtig auszuräumen.

Was hatte Parer gesagt? Hinter der Tür gebe es einen geheimen Raum, in dem vier seiner besten Gemälde lagerten? Sein Sohn habe es auf die Bilder abgesehen, wolle alles zu Geld machen. Diese Bilder seien aber für sie, Margarete, reserviert, als Dank für die Mühe und die angenehmen Stunden. Als Bezahlung für die vergangenen fünf Jahre.

Diese Bilder sollten ihre Altersvorsorge sein, sollten ihr ein besseres Leben ermöglichen.

Langsam wurde ihr warm, war die Kälte vergessen. Sollte sie wirklich die Gemälde finden, würde sie diesen Ort vielleicht doch verlassen und in die Anonymität der Stadt ziehen, dorthin, wo sie nicht von jedem als die ledige Mutter stigmatisiert würde, wo sie ein neues Leben beginnen könnte.

Mit klopfendem Herzen schob sie das schwere Möbelstück Zentimeter für Zentimeter zur Seite und leuchtete auf die Wand.

Tatsächlich!

Hier war eine Tür!

Sie war unverschlossen. Margarete öffnete sie und gelangte in eine winzige Kammer, in der lediglich eine wuchtige Truhe stand. Aufgeregt hob sie den gewölbten Deckel an und stieß einen spitzen Schrei aus.

Da waren die Bilder!

Meine Mutter weckte mich sehr früh. Ich hatte das Gefühl, gerade erst eingeschlafen gewesen zu sein. Sie wirkte aufgeregt und irgendwie glücklich. Das konnte ich gut verstehen, denn Weihnachten und damit eine Woche Ferien bei meiner Tante Lotte standen bevor. Es schien aber noch etwas anderes zu sein, was meine Mutter beschäftigte, etwas, das mit den Gegenständen zu tun hatte, die Mutter in den Kofferraum des kleinen Wagens geräumt und mit einem Tuch zugedeckt hatte. Sie strahlte mich an, küsste und umarmte mich.

Der Motor des Autos knatterte durch die Stille des frühen, dunklen und klirrend kalten Morgens. Es hatte einige Zeit gedauert bis wir mit vereinten Kräften die Scheiben vom Eis befreit hatten. Meine Hände waren blau vor Kälte, meine rote Nase tropfe unaufhörlich. Hoffentlich funktionierte die Heizung. Aber wir durften nicht undankbar sein. Es war schließlich nicht selbstverständlich, dass uns ein Kollege von Mutter das Fahrzeug über die Feiertage überlassen hatte. Nebel lag über dem Tal. Es schneite.

Mutter zitterte, schaffte es beinahe nicht, das Auto über den vereisten Hof auf die Straße zu lenken. Endlich hatten wir es geschafft.

Der Schneefall wurde stärker. Mutter klebte förmlich mit der Nase an der Windschutzscheibe, während sich die Wischblätter quietschend über die Scheibe bewegten. Ein ums andere Mal rutschten die Hinterräder auf der spiegelglatten Fahrbahn weg.

Ich hielt die Luft an, bekam zunehmend Angst. Die ohnehin schmale Straße war durch die aufgetürmten Schneemassen zu einer einzigen Fahrspur verengt. Zum Glück war außer uns niemand zu so früher Stunde unterwegs.

Konzentriert und schweigend starrte Mutter auf die weiße Fahrbahn. Bald würden wir Eppan erreicht haben. Dort würde die Straße breiter werden, besser geräumt.

Noch zwei Kurven...

Plötzlich konnte ich im dichten Schneetreiben einen Lichtstrahl erkennen. Mein Herz schlug schneller.

Da kam uns ein Fahrzeug entgegen!

Die Scheinwerfer blendeten.

Mutter versuchte, das Auto unter Kontrolle zu bekommen, doch es ließ sich nicht mehr lenken.

Das andere Fahrzeug kam näher. Das Licht wurde unerträglich.

Mutter hielt sich eine Hand vor die Augen. Unser Auto schlitterte. Das entgegenkommende Fahrzeug hupte laut. Mutter riss verzweifelt das Lenkrad herum, schrie auf!

Dann wurde es dunkel.

1

17. September 2014

Die Nacht ist sternenklar. Bis auf das Quaken der Frösche im nahen See und das Rauschen des mannshohen Schilfgrases ist kein Laut zu hören. Nach der Betriebsamkeit des vergangenen Spätsommertages liegt jetzt, zwei Stunden nach Mitternacht, eine fast unheimliche Stille über dem kleinen Tal.

Niemand bemerkt mich, die dunkle Gestalt, die lautlos über den hölzernen Steg schleicht. Die Mütze tief in das Gesicht gezogen, einen schweren Rucksack auf dem Rücken, bewege ich mich schnell auf mein Ziel zu. Das Wasser links und rechts des Steges gluckst, ein Käuzchen schreit, der Mond wirft gespenstische Schatten.

Mein Atem geht stoßweise.

Nach einem kurzen Stück durch den Wald erreiche ich das alte, verlassene Gebäude, das einsam am Ufer des Sees liegt. Jedem anderen hätte der Anblick des Gemäuers einen Schauer über den Rücken gejagt, doch ich stapfe auf das Haus zu, ohne meinen Schritt zu verlangsamen. Ich umrunde das Gebäude, ziehe einen rostigen Schlüssel aus der Tasche und öffne quietschend die massive Holztür.

Feuchte, modrige Luft streicht über mein erhitztes Gesicht als ich mir einen Weg durch all das umher liegende Gerümpel bahne. Der lehmige Boden ist übersät von kaputten Möbeln, zerbrochenem Geschirr, Brettern und aufgeweichtem Papier. Offenbar haben hier des Öfteren Leute nach Brauchbarem gesucht.

Mit einer starken Taschenlampe leuchte ich in jeden Winkel des Raumes.

Hier hat er also gelebt.

Hierher kam meine Mutter regelmäßig, um den Alten mit Lebensmitteln zu versorgen.

Ich selbst war auch ein paarmal dabei gewesen, kann mich aber nicht mehr daran erinnern.

Langsam trete ich wieder hinaus ins Freie und suche den Vorratskeller.

Ich blicke mich in der näheren Umgebung des Gebäudes um, sehe den See auf der einen Seite, Schilf und Gebüsch auf der anderen. Dahinter den Wald. Mutter hat mir genau beschrieben, wo ich den Zugang finde.

Plötzlich entdecke ich im immer schwächer werdenden Schein der Taschenlampe hinter hohen Brennnesseln eine versteckte, verfallene Tür.

Vorsichtig bahne ich mir den Weg durch das dichte Grün, stets darauf bedacht, möglichst wenig Spuren zu hinterlassen.

Schließlich soll meine Unternehmung geheim bleiben.

Nach wenigen Metern habe ich die Tür erreicht. Sie ist etwa 1,5m hoch und mit einem mächtigen Vorhängeschloss gesichert.

Ich hole den alten Schlüssel aus meiner Tasche und stecke ihn in das verrostete Schloss.

Es muss der Richtige sein! Immerhin hing er zusammen mit dem anderen Schlüssel am Haken im Büro.

Ich lächle in mich hinein. Wie leicht es doch gewesen ist, an den Schlüssel heranzukommen. Die Bürotür steht meistens offen, ich habe mich nur bedienen müssen.

Er lässt sich nicht bewegen!

Das habe ich erwartet.

Vermutlich ist das Schloss seit Jahrzehnten nicht mehr geöffnet worden. Ich krame den Rostlöser aus meinem Rucksack. Ein Sprühstoß genügt und der Schlüssel lässt sich butterweich drehen.

Das Schloss springt auf.

Ich öffne die niedrige Tür und leuchte in den stockfinsteren Raum hinein.

Es ist alles genauso, wie Mutter es mir beschrieben hat. Alte Regale, Schränke, Körbe. Zielsicher schiebe ich das schwere Regal mit den Einweckgläsern zur Seite. Ich muss einen

Blick in die Kammer werfen, in denen die Bilder aufbewahrt waren.

Tatsächlich!

Hier ist die Tür, die Kammer, die leere Truhe.

Ein Lächeln huscht über mein Gesicht und macht einen Augenblick später Verbissenheit Platz.

Ich habe genau das gefunden, wonach ich gesucht habe.

Der ideale Ort für die Durchführung meines Plans.

Mein Herz macht einen Sprung.

Ich werde die Bilder finden!

Ich habe es dir versprochen. Wer auch immer sie uns nach dem Unfall weggenommen hat, ich werde sie finden und nehmen, was mir schon lange zusteht.

Wie anders wäre mein Leben verlaufen?

Meine gesamte Kindheit war geprägt von diesen Bildern, die uns genommen wurden.

Wie oft hatte meine Mutter die Bemerkung fallen lassen „...wenn wir nur die Bilder noch hätten ..."

Ich konnte es nicht mehr hören.

Wir sind auch so über die Runden gekommen, mehr schlecht als recht.

Vielleicht hätten wir, vielleicht könnten wir, ...

Wütend knalle ich die Tür zu der kleinen Kammer zu, schiebe das Regal zurück an seinen Platz.

Jetzt ist Mutter tot und ich habe ihr versprochen, die Bilder zu finden, damit sie endlich Ruhe finden kann.

2

Der Motor des modernen Reisebusses erstarb, die Türen öffneten sich mit einem leisen Seufzer. Schlagartig breitete sich hektische Betriebsamkeit unter den Reisenden aus. Jeder kramte sein Gepäck zusammen und versuchte nach der etwa siebenstündigen Fahrt so schnell wie möglich nach draußen zu kommen.

Hartmut Öchsner beugte sich zu seiner Frau Helene hinüber, die wenige Kilometer vor dem Ziel eingeschlafen war.

„Wir sind da", flüsterte er vorsichtig, konnte aber trotzdem nicht verhindern, dass Helene aufschreckte.

„Was ist passiert?", rief sie erschrocken aus und blickte sich um.

„Du hast den interessantesten Teil der Reise verschlafen", grinste Hartmut und drückte ihr die Tasche mit dem Reiseproviant in die Hand.

Helene schüttelte den Kopf. „Wir sind schon so oft über den Brenner gefahren, das ist doch nichts Neues mehr. Ich freue mich, dass wir endlich da sind und ich meine Beine wieder ausstrecken kann."

Das Ehepaar Öchsner lebte in einem kleinen Dorf nahe Würzburg in Bayern. Die beiden waren viel unterwegs und hatten nach Hartmuts Pensionierung die halbe Welt bereist. Inzwischen bevorzugten sie Reisen in die Berge, die von einem Busunternehmen aus dem Nachbarort organisiert wurden. Sie genossen es, sich um nichts kümmern zu müssen, in schicken Hotels untergebracht zu sein und interessante Ausflüge unternehmen zu können.

Helene zog einen kleinen Spiegel und einen Kamm aus ihrer Handtasche und fuhr sich durch ihr kurzes, graues Haar. Nachdem sie sich ihr Haar jahrzehntelang gefärbt hatte, trug sie es seit einigen Jahren so wie es war: grau. Und fühlte

sich wohl damit. Immerhin war sie vor kurzem 75 geworden.
Hartmut hatte keine Probleme dieser Art. Er wurde bald 79
und war froh um jedes Haar, das sich noch auf seinem Kopf
finden ließ, egal welche Farbe es hatte.

Mühsam stemmte sich Helene aus dem weichen Sitz und
schob sich durch den engen Gang in Richtung Tür.

So gern sie auch verreiste, die Anreise mit dem Bus war
immer eine Quälerei für sie. Durch das lange Sitzen wurden
ihre Beine schwer und das Laufen nach dem Aufstehen
anstrengend. Doch sie nahm es gern in Kauf, um einige
abwechslungsreiche Tage in netter Gesellschaft zu verbringen.

Die Sonne schien vom wolkenlosen Himmel, die Luft war
mild, es duftete betörend nach reifen Äpfeln und prallen
Weintrauben.

Mit leuchtenden Augen stand die Reisegruppe aus Franken
vor ihrem Feriendomizil:

Dem Gartenhotel Moser in Montiggl, Südtirol.

Die Hotelanlage lag traumhaft ruhig zwischen Weinbergen
und Apfelplantagen in unmittelbarer Nähe zu den beiden
Montiggler Seen, nahe des kleinen gleichnamigen Ortes mit
seinen stolzen 99 Einwohnern.

„Herzlich Willkommen im Gartenhotel Moser!", rief eine
freundliche, blonde Dame im Dirndl und kam mit ausge-
breiteten Armen auf die Gruppe zu.

„Mein Name ist Christine Moser, ich bin die Hotelchefin
und freue mich sehr, Sie in unserem wunderschönen Südtirol
begrüßen zu dürfen. Bitte folgen Sie mir zur Rezeption.
Meine Mitarbeiter zeigen Ihnen Ihre Zimmer und Suiten und
helfen Ihnen mit Ihrem Gepäck. Wenn Sie sich eingerichtet
und etwas ausgeruht haben, erwarten wir Sie gern auf
unserer Terrasse oder im Garten zu einem kleinen Imbiss."

Am frühen Abend hatten Hartmut und Helene das Gelände
erkundet, ein erfrischendes Bad im Pool genommen und sich
für das Abendessen zurechtgemacht. Sie freuten sich beide
auf das angekündigte Meeresfrüchte-Buffet und das darauf-
folgende Menü. Als sie das Restaurant betraten, kam ein

großer dunkelhaariger Mann auf sie zu.

„Guten Abend", begann er und schüttelte beiden herzlich die Hand. „Ich bin Wolfgang Moser, der Chef des Hauses. Ich hoffe, Sie fühlen sich bei uns wohl."

„Vielen Dank", gab Helene zurück, „es ist alles wunderbar hier bei Ihnen. Wo dürfen wir sitzen? Ist freie Platzwahl?"

„Wir haben einen Tisch für Sie reserviert", erklärte der Hotelchef, „der Ihnen während Ihres gesamten Aufenthalts zur Verfügung steht. Verraten Sie mir Ihren Namen?"

Wolfgang Moser führte die beiden am verlockend aussehenden Vorspeisen- und Salatbuffet vorbei in einen kleinen Raum.

„Das ist unsere Max-Parer-Stube", meinte Moser und wies auf einen großen, gemütlichen Tisch in der Ecke, auf dem ein Schildchen mit zwei Namen stand: Öchsner und Köhler.

„Ich hoffe, es stört Sie nicht, wenn noch ein weiteres Paar bei Ihnen am Tisch sitzt?", fragte Moser, doch Hartmut winkte ab.

„Im Gegenteil, wir freuen uns über Gesellschaft. Der Tisch ist ja groß genug."

„Wer ist Max Parer?", fragte Helene. „War das ein Vorfahre von Ihnen?"

Moser lachte. „Nein, so kann man das nicht sagen. Parer war ein bekannter Maler aus Montiggl, der 1970 verstorben ist. Die Bilder hier an den Wänden sind alle von ihm."

Helene blickte sich interessiert um und sah verschiedene Zeichnungen und Aquarelle mit Motiven aus Südtirol.

„Wenn Sie morgen einen Spaziergang zum See unternehmen möchten, können Sie einen kleinen Abstecher zum Schlössl machen. Dort hat Parer seinen Lebensabend verbracht", schlug der Hotelchef vor. „Wir haben auch verschiedene Bücher, falls Sie sich näher für ihn und sein Werk interessieren." Er deutete auf ein Bücherregal mit mehreren Bildbänden und Taschenbüchern.

„Danke, sehr freundlich", gab Helene zurück. „Vielleicht schaue ich nach dem Essen in eines der Bücher hinein."

„Ich wünsche Ihnen noch einen guten Appetit und einen erholsamen Aufenthalt. Vielleicht sehen wir uns nach dem Essen noch in der Lounge oder draußen beim Lagerfeuer?", verabschiedete sich Moser und wandte sich anderen Gästen zu. Kurz darauf trat ein italienisch aussehender Kellner in Begleitung eines Paares an ihren Tisch. Er war nicht sehr groß und hatte ein freundliches, verschmitztes Lächeln auf den Lippen. Auf seinem Namensschild war *Ricardo* zu lesen.

„Guten Abend, die Herrschaften", begann er galant. „Darf ich Ihnen das Ehepaar Köhler vorstellen?"

„Gern", gab Helene zurück und schüttelte ihren beiden Tischnachbarn erfreut die Hand. „Kommen Sie nur zu uns, wir würden uns sonst an diesem großen Tisch richtig verloren vorkommen."

„Darf ich Ihnen etwas zum Trinken bringen?", fragte Ricardo als alle Platz genommen hatten.

„Einen trockenen Rotwein und eine Flasche Wasser", bestellte Herr Köhler und wandte sich Hartmut und Helene zu. „Mein Name ist Georg und das ist meine Frau Irmgard. Wir kommen aus Köln. Und Sie sind aus Bayern, oder?"

Die beiden Rheinländer waren den Öchsners auf Anhieb sympathisch. Sie waren etwa zehn Jahre jünger, hatten ebenfalls drei Kinder und einige Enkelkinder und waren ebenso in der Welt herumgekommen wie Hartmut und Helene. Die Unterhaltung war schnell so lebhaft, dass sie beinahe das Essen vergaßen.

„Lassen Sie uns doch zum Buffet gehen", schlug Georg vor. „Sonst gibt es nichts mehr für uns."

Das Buffet war großartig. Helene stand mit leuchtenden Augen vor all den Köstlichkeiten mit deren Zubereitung sie nichts, aber auch gar nichts zu tun gehabt hatte. Sie musste sich lediglich zwischen verschiedensten Meeresfrüchten, Salaten und anderen Spezialitäten entscheiden.

„Ich glaube, ich nehme von jedem etwas", schwärmte sie halblaut vor sich hin. In diesem Moment spürte sie einen schmerzhaften Stoß in den Rücken.

„Aua!" Sie fuhr herum und sah hinter sich einen großen, kräftigen Mann mit schneeweißem Haar. Er hatte Helene offensichtlich seinen Ellbogen ins Kreuz gerammt, sah aber nicht so aus, als wolle er sich dafür entschuldigen.

„Hallo?", setzte Helene an, fassungslos über so viel Unhöflichkeit. Noch bevor sie ihren Satz beenden konnte, drehte sich der Mann zu ihr herum und starrte sie mit unbewegtem Gesichtsausdruck an. Um das linke Auge war die Haut tiefblau verfärbt, als hätte er vor kurzem einen heftigen Schlag bekommen.

„Wollten Sie etwas von mir?", brummte er mit tiefer Stimme.

„Nein, ich, …", stotterte Helene erschrocken, stolperte ein paar Schritte rückwärts und sah zu, dass sie zurück an ihren Tisch kam.

„Na, du siehst aus, als hättest du ein Gespenst gesehen", scherzte Hartmut fröhlich, als sich seine Frau etwas blass um die Nase neben ihn setzte.

„Naja, so etwas Ähnliches", gab Helene zurück und erzählte was passiert war.

„Das ist ja unverschämt!", rief Irmgard Köhler aufgeregt. „Er hätte sich zumindest entschuldigen können, oder?"

„Jetzt lassen wir uns nicht die gute Laune verderben", lenkte Helene ein. „Was haben Sie für morgen geplant?"

3

Der Wecker tickte leise. Er zeigte inzwischen 2:17 Uhr an. Das Zirpen der Grillen und Quaken der Frösche drang durch das gekippte Fenster, die Vorhänge bewegten sich leicht im sanften Wind.

Es war so still, so friedlich.

Kein Autobahnlärm, keine vorbeirasenden Züge, keine Motorräder, kein Schnarchen. Eigentlich ideal, um sich von der anstrengenden Anreise zu erholen und Kräfte zu sammeln für einen erlebnisreichen Urlaubstag.

Doch Helene konnte nicht schlafen.

Seufzend blickte sie im Schummerlicht auf ihren Mann herab, der bis zur Nasenspitze zugedeckt den Schlaf der Gerechten schlief. Mehrfach hatte sie ihn um diese Fähigkeit beneidet. Er legte sich hin und schlief, die ganze Nacht, ohne auf die Toilette zu müssen, bis in den Vormittag hinein, während sie selbst oft dreimal aufstehen musste.

So auch heute.

Sie schlug die Bettdecke zurück, schlüpfte in ihre Hausschuhe und tastete sich bis zur Badezimmertür voran.

Als sie das Licht wieder gelöscht hatte, konnte sie sich nicht vorstellen, sich ins Bett zu legen und mit offenen Augen Hartmuts Schlafgeräuschen zu lauschen. Sie legte sich ihren Morgenmantel über die Schultern, öffnete die Balkontür und trat hinaus in die milde, mondhelle Nacht.

Es war wirklich traumhaft schön in diesem etwas versteckt liegenden Tal. So ruhig und friedlich. Das Hotel war erstklassig und die Leute so freundlich und zuvorkommend, wie man es sich für einen erholsamen Urlaub nur wünschen konnte.

Am Abend zuvor hatten sie draußen vor dem Hotel in der gemütlichen Lounge noch einen Cocktail getrunken. Herr

Moser hatte Feuer in einem großen, offenen Grill gemacht, während der quirlige italienische Kellner Ricardo den Gästen jeden Wunsch von den Augen abgelesen hatte.

Sie hatten sich bestens mit ihren Tischnachbarn, dem netten Ehepaar aus Köln, unterhalten und einen kurzweiligen Abend verbracht.

Lediglich die Anwesenheit des eigenartigen Mannes mit den weißen Haaren hatte Helenes Stimmung ein wenig gedrückt. Sie fühlte sich irgendwie von diesem Mann beobachtet, regelrecht ins Visier genommen. Beim Anblick des sich immer intensiver verfärbenden Auges bekam sie jedes Mal eine Gänsehaut.

Helene atmete tief durch, inhalierte die würzige, saubere Luft und blickte verträumt in Richtung See. In der Dunkelheit konnte sie das glitzernde Wasser des Sees hinter dem Schilfgürtel nur schwer erkennen.

Herr Moser hatte ihnen empfohlen, am nächsten Tag doch den See einmal zu umrunden. Der Wanderweg sei gut ausgebaut und sie bräuchten angeblich nicht länger als eine knappe Stunde.

Auch Georg und Irmgard Köhler wollten sich ihnen anschließen.

Gerade als Helene beschlossen hatte, wieder ins Bett zu gehen, entdeckte sie dort, wo sie den See vermutete, einen schwachen Lichtschein. Es blitzte immer wieder auf, dann war das Licht wieder verschwunden.

„Seltsam", murmelte sie leise vor sich hin. „Ich dachte, dort hinten gebe es keine Häuser?"

Es sah so aus, als sei jemand mit einer Taschenlampe unterwegs – mitten in der Nacht?

Helene schauderte und schloss schnell die Balkontür. Wahrscheinlich fand sich am nächsten Morgen eine einfache Erklärung dafür.

Helene Öchsner war nicht die Einzige, die in dieser Nacht keinen Schlaf fand. Auch Christine Moser wälzte sich unruhig in ihrem Bett hin und her. Die beunruhigenden Ereignisse der vergangenen Tage ließen sie nicht zur Ruhe kommen.

Da waren diese seltsamen Briefe ohne Absender. Sie waren an ihren Mann adressiert und bestanden lediglich aus einem einzigen Satz:

`Wo sind die Bilder?`

Die Worte waren mit Kugelschreiber in einer kindlichen Schreibschrift geschrieben. Es sah ganz so aus, als habe jemand versucht, seine eigentliche Schrift zu verbergen.

Wolfgang Moser ignorierte diese Nachrichten hartnäckig, maß ihnen keine Bedeutung bei, während Christine jedes Mal ein Schauer über den Rücken lief.

Konnten damit vielleicht die angeblich verschwundenen Gemälde Max Parers gemeint sein? Aber was sollte ihr Mann damit zu tun haben? Er selbst wollte nichts davon hören, wusste angeblich nicht, wovon die Rede war.

Für sie waren das Drohbriefe. Längst hätte sie die Polizei eingeschaltet, doch Wolfgang hatte sie nur ausgelacht. Sie solle sich entspannen und sich lieber um die Gäste kümmern, doch all die Beschwichtigungen konnten sie nicht wirklich beruhigen.

Christine hatte Angst.

Das war kein Scherz, keine Lappalie. Womöglich war ihr Mann in Gefahr!

4

Am nächsten Morgen herrschte in der Lobby rege Betriebsamkeit. Gäste reisten ab, andere kamen gerade an, wieder andere bereiteten sich auf die geplanten Unternehmungen vor.

Iris und ihre Kollegin Marlene, die beiden freundlichen Damen hinter dem Rezeptionstresen, waren gefordert. Sie gaben Handtücher aus, stellten Rechnungen, hießen Neuankömmlinge willkommen, erklärten Stadtpläne und machten Vorschläge für Wanderungen und Exkursionen.

Auch Hartmut stand geduldig in der Reihe und wartete darauf, einen Umgebungsplan mit eingezeichneten Wanderwegen zu erhalten. Er liebte Landkarten und war stets auf der Suche nach weiteren Kartenwerken für seine Sammlung. Bevor er einen neuen Weg tatsächlich ausprobierte, lief er ihn zunächst mehrfach mit dem Finger auf der Landkarte ab, studierte alle vorhandenen Höhenlinien und Streckenführungen. Auch hinterher wurde jede Tour noch ein paarmal auf der Karte nachbereitet.

Helene seufzte. Sie hoffte, dass sie nicht alle Wanderungen mitlaufen musste, die ihr Mann ins Auge gefasst hatte. Sie hatte zunehmend Probleme mit ihrer Hüfte und hatte keinen Spaß mehr am Bergwandern. Sie setzte sich in einen der bequemen Sessel und blätterte in einer Illustrierten.

„Darf ich mich kurz zu Ihnen setzen?", fragte eine sympathische Frau um die 50 in Radlerhose und Trikot. Helene erinnerte sich daran, die Dame zusammen mit ihrem Mann am vergangenen Abend ebenfalls in der Max-Parer-Stube gesehen zu haben.

„Aber gern", antwortete Helene. „Sie sind ja sportlich unterwegs."

„Ja, wir sind bereits seit einer Woche hier und haben bisher jeden Tag eine Tour mit dem Rennrad unternommen."

Helene nickte anerkennend. Rennradfahren passte zu der Frau. Sie war groß, schlank und durchtrainiert. Ihrer gebräunten Haut sah man an, dass sie viel draußen in der Sonne war.

„Wir waren schon in Bozen, in Meran und auf der anderen Seite des Etschtals in Neumarkt", erzählte sie.

„Und wo geht es heute hin?"

„Heute steht der Mendelpass auf dem Programm", erklärte die Frau lächelnd.

„Von hier aus?", rief Helene entgeistert. „Mit dem Fahrrad? Sind Sie sicher, dass Sie sich das antun möchten?"

Die Frau lachte.

„Vielleicht ist es schwer zu glauben, aber ich liebe es, mich mit dem Rad langsam Kehre für Kehre einen Alpenpass hinaufzuarbeiten. In den nächsten Tagen steht noch das Penserjoch auf dem Programm. Das ist über 2200m hoch. Eine faszinierende Landschaft dort oben über der Baumgrenze", schwärmte sie begeistert. „Ich heiße übrigens Heike. Heike Hofmann."

„Helene Öchsner", stellte sich Helene vor. „Woher kommen Sie?"

„Wir sind aus Innsbruck, da sind wir die Berge gewöhnt."

„Sie sehen so aus, als wären Sie viel mit dem Rad unterwegs, habe ich recht?"

Heike lachte. „Radfahren ist unsere Leidenschaft. Wissen Sie, wir haben keine Kinder und sind beruflich sehr viel unterwegs. Wenn wir dann einmal Zeit haben, oder uns zwischendurch die Zeit nehmen, setzen wir uns aufs Rad und strampeln die Berge hoch. Und Sie? Was haben Sie heute vor? Gehen Sie wandern?"

„Ja, wir werden uns den Montiggler See ansehen und dann den Rest des Tages am Pool verbringen. Das ist genug Programm für mich."

Heike lächelte. „Ich denke, da sehen wir uns dann später. Ah, da kommt ja mein Mann."

Heike stand auf und begrüßte einen gutaussehenden Mann mit ebenfalls sportlicher Figur und braungebranntem Gesicht.

„Bernd, das ist Helene Öchsner."

„Hofmann, sehr erfreut", begrüßte er Helene mit einem festen Händedruck. „Haben wir uns nicht gestern Abend beim Essen gesehen?"

„Ja", stimmte Helene zu. „Ich habe gehört, Sie haben sich für heute einiges vorgenommen."

„Richtig, deshalb sollten wir auch langsam los, bevor es zu heiß wird. Ich wünsche Ihnen viel Spaß für heute."

Heike zog sich die Fahrradhandschuhe über. „Tschüss, Frau Öchsner, bis später."

„Viel Spaß!", rief ihnen Helene hinterher. Sie lächelte, erinnerte sie doch dieses sympathische Paar an ihre eigenen Kinder, die zwar noch jünger waren, deren Leidenschaft aber ebenfalls das Radfahren war. Irgendwie schade, dass die beiden keine Kinder hatten, denn für Helene war die Familie immer schon das Wichtigste gewesen. Aber vielleicht hatten sich die beiden ja bewusst gegen Kinder und für die Karriere entschieden?

„Guten Morgen, Frau Öchsner", hörte sie im nächsten Moment die fröhliche Stimme Irmgard Köhlers. „Sind Sie bereit für unseren ersten Spaziergang? Ich habe schon gesehen, dass sich Ihr Mann reichlich mit Kartenmaterial eindecken lässt. Dann kann uns ja nichts mehr passieren."

Frau Köhler war für ihre 63 Jahre noch ausgesprochen fit und dynamisch. Auch ihr zwei Jahre älterer Mann war sehr gut auf den Beinen. Die beiden standen mit Kniebundhosen, karierten Hemden, festen Schuhen und voller Tatendrang da und strahlten eine Energie aus, die Helene beinahe beängstigte. Vor allem weil Georg Köhler sogar einen prall gefüllten Rucksack auf dem Rücken trug.

„Wollten wir nicht einfach um den Montiggler See laufen?", fragte Helene verunsichert. „Sie sehen eher so aus, als wollten Sie den Rosengarten besteigen."

Georg Köhler lachte donnernd.

„Keine Angst, Frau Öchsner. Wir beginnen mal mit dem See und sehen dann, wohin uns das Leben so treibt, nicht wahr, Irmgard?"

Helene wurde blass.

„Machen Sie sich keine Sorgen", tröstete sie Irmgard Köhler

verschmitzt. „Wenn unsere Männer nach dem Spaziergang nicht genug haben, sollen sie doch noch eine weitere Tour machen. Wir legen uns so lange auf diese wunderbaren Liegen im Garten und trinken einen Cappuccino, nicht wahr?"

„Das klingt doch verlockend", gab Helene erleichtert zurück.

„Hallo! Da sind ja unsere Freunde aus Köln", rief Hartmut erfreut. „Und ich sehe, Sie sind richtig gut vorbereitet."

„Lassen wir doch dieses Gesieze", schlug Georg freundschaftlich vor. „Wer gemeinsam einen Cocktail trinken und stundenlang um Südtiroler Seen wandern kann, kann sich auch duzen. Ich bin Georg."

Die Vier besiegelten ihre neue Freundschaft mit einem kräftigen Handschlag und traten ins Freie.

„Das sieht ja nach einer größeren Unternehmung aus", meinte Wolfgang Moser, als er das Grüppchen in Richtung See marschieren sah. „Wo soll es denn hingehen?"

„Herr Moser, Sie werden es nicht glauben, aber wir werden den großen Montiggler See umrunden", erklärte Hartmut stolz. „An nur einem Tag."

„Nein! Und das trauen Sie sich zu?", gab Moser schmunzelnd zurück, griff in seine Umhängetasche und zog vier rotwangige Äpfel hervor. „Dazu brauchen Sie unbedingt die Kraft eines frisch geernteten Gala-Apfels von meinen eigenen Bäumen. Sollten Sie noch mehr Äpfel für weitere Tagesmärsche benötigen, können Sie sich gern selbst ein Kistchen voll ernten. Iris oder Marlene geben Ihnen die Kisten und sagen Ihnen, welche Bäume Sie abernten dürfen."

Hartmut pfiff durch die Zähne. „Das werden wir sicherlich gern tun, wenn wir heute Abend noch genügend Kraft dazu haben."

„Viel Spaß", wünschte der Hotelchef und winkte kurz.

Als er zurück in die Lobby kam, blickte er in die besorgte Miene seiner Frau, die ihm einen weißen Umschlag reichte. Entnervt verdrehte er die Augen und schob Christine ins Büro.

„Warum wirfst du diesen Müll nicht gleich weg?", zischte er aufgebracht. „Lass dich doch von einem solchen Idioten nicht ärgern."

„Lies", forderte ihn seine Frau auf.

Wolfgang zog das zusammengefaltete Papier aus dem Umschlag:

```
Du weißt, wo die Bilder sind! Ich rufe dich
heute an. Wenn du mir das Versteck nicht
verrätst, muss ich zu härteren Mitteln
greifen!
```

„Findest du immer noch, dass das Ganze ein Scherz ist?", fuhr Christine ihn an. „Das ist eine massive Bedrohung! Du musst die Sache endlich ernst nehmen!"

„Hör doch auf!", gab ihr Mann ärgerlich zurück. „Ich habe genug um die Ohren. Ich kann mich nicht auch noch mit einem solchen Blödsinn beschäftigen."

„Blödsinn?", kreischte Christine hysterisch. „Er will zu härteren Mitteln greifen! Begreifst du das nicht? Weißt du etwas über die verschollenen Gemälde von Parer?"

Wolfgang sah sie entgeistert an. „Glaubst du wirklich an diese Geschichte?", lachte er. „Das ist ein Märchen, das man sich seit Jahrzehnten im Dorf erzählt. Verschwundene Gemälde, die ein Vermögen wert sein sollen. Lachhaft. Und warum sollte ausgerechnet ich wissen, wo sie versteckt sind? Lass uns jetzt arbeiten. Ich muss mit dem Architekten in den Steinbruch."

„Ich habe Angst um dich", gab Christine leise zu.

Wolfgang nahm sie fest in den Arm und strich ihr beruhigend über das Haar.

„Mach' dir keine Sorgen. Das ist nur ein Scherz, glaub' mir."

Er knüllte den Brief zusammen, warf ihn in den Papierkorb und ließ seine Frau im Büro zurück.

Ein Blick auf die Uhr verriet ihm, dass der Architekt bereits seit zehn Minuten auf ihn wartete. Müde verließ er das Hotel. Sein Kopf brummte. Als ob er noch nicht genug um die Ohren hatte, mussten jetzt auch noch diese lästigen Briefe dazukommen! Er hatte wirklich keine Lust und Zeit, sich auch noch damit zu beschäftigen.

Auf dem Parkplatz stand ein Mann mit gelbem Helm auf dem Kopf und einer großen Mappe unter dem Arm. Wolfgang Moser atmete noch einmal tief durch und ging auf den Mann zu.

In diesem Moment klingelte sein Handy.

„Moser", brummte er, bekam aber keine Antwort. „Wer ist da?", rief er ungeduldig und blieb stehen.

„Du weißt, wer ich bin", flüsterte eine Stimme kaum hörbar.

Wolfgang Moser blieb stehen.

„Nein, ich weiß nicht, wer Sie sind", rief er in den kleinen Apparat. „Abgesehen davon kann ich Sie kaum verstehen."

„Stell dich doch nicht so an, Wolfgang. Sag mir, wo die Bilder sind, dann wird dir nichts geschehen."

Moser schluckte, straffte dann aber entschlossen die Schultern.

„Ich habe keine Ahnung, wer Sie sind oder was Sie von mir wollen. Ich weiß nichts von irgendwelchen Bildern. Lassen Sie mich in Frieden und rufen Sie nie wieder an, verstanden?!"

Damit legte er auf und steckte das Gerät wieder ein. Sein Herz klopfte schneller. Wer war dieser Kerl? Sollte er vielleicht doch die Polizei benachrichtigen?

„Wolfgang, kommst du? Ich habe heute noch eine andere Baustelle!", rief ihm der Architekt ungeduldig zu.

Wolfgang Moser verwarf den Gedanken an die Polizei und ging zum Tagesgeschäft über.

5

Langsam beginnt mir die Sache Spaß zu machen. Es ist ein Spiel, das allein nach meinen Regeln gespielt wird.
Die ersten Briefe hatten schon Wirkung gezeigt – zumindest bei Christine. Nach meinem letzten Schreiben wurde sie richtig nervös, bekam dunkle Ringe unter den Augen.
Gut so.
Leider scheint Wolfgang noch nicht so weit zu sein. Er tut so, als sei alles ein Scherz.
Soll er nur.
Im Grunde genommen wollte ich vorhin am Telefon gar nicht, dass er das Versteck der Gemälde verrät. Ich hatte ohnehin nicht damit gerechnet.
Ich freue mich viel zu sehr darauf, was ich mir für den Chef des Hauses ausgedacht habe. Wenn er mir jetzt schon gesagt hätte, was ich wissen wollte, hätte ich alle Vorbereitungen umsonst getroffen.
Das wäre doch schade.
Trotz allem wächst bei mir die Vorfreude auf die Bilder. In wenigen Tagen werde ich endlich das besitzen, was mir zusteht.
Doch zuvor gibt es noch einiges zu tun.

6

Fröhlich plaudernd gingen die vier Wanderer den Weg an der schmalen Straße entlang und erreichten nach 200 Metern eine Abzweigung mit einer Markierung. Die Gehzeit für den Rundweg war zu Helenes Erleichterung mit nur einer Stunde angegeben. Ein hölzerner Steg führte durch ein Dickicht von Schilfgras. Es hatte beinahe etwas Abenteuerliches, Unbekanntes, Unheimliches. Helene dachte plötzlich wieder an den eigenartigen Lichtschein, den sie in der vergangenen Nacht hier gesehen hatte. War wirklich jemand mitten in der Nacht hier auf diesem verborgenen Steg mit einer Taschenlampe unterwegs gewesen?

Gleich nach dem Aufwachen hatte sie Hartmut von ihren nächtlichen Beobachtungen berichtet, doch ihr Mann hatte sie nur mäßig ernst genommen. Auch er konnte sich nicht vorstellen, was jemanden dazu hätte veranlassen können, zu so später Stunde hier herumzuschleichen.

Trotz Temperaturen von über 20 Grad überzog ein leichter Schauer ihren Rücken. Sie blieb kurz stehen, um sich mit einem Taschentuch den Schweiß von Gesicht und Nacken zu wischen und kurz zu verschnaufen. Hartmut und die anderen beiden verschwanden gerade hinter einer Wand aus Schilf.

Sie sah niemanden mehr und hatte trotzdem das Gefühl, nicht allein zu sein. Ihre Nackenhaare sträubten sich.

Plötzlich hörte sie hinter sich ein Geräusch. Sie drehte sich um und starrte über den Steg.

Da war niemand.

Sie war allein.

Und trotzdem wurde sie das Gefühl nicht los, dass da noch jemand war.

Beunruhigt ging sie weiter.

Da waren Schritte hinter ihr.

Helene schrie auf, fuhr herum und sah mit rasendem Puls in ein Gesicht mit einem blau und grün verfärbten Auge.

„Kann ich Ihnen helfen?", brummte der weißhaarige Mann mit kratziger Stimme.

Helenes Herz schlug ihr bis zum Hals, sie war wie gelähmt, konnte weder etwas sagen, noch flüchten.

Einen Moment lang befürchtete sie, ihr Gegenüber würde sie jeden Augenblick mit einem überheblichen Lächeln im markanten Gesicht rückwärts ins Wasser stoßen, doch der Mann blickte sie nur fragend an.

Helenes Schockstarre löste sich langsam. Sie nickte kaum wahrnehmbar.

„Helene, wo steckst du?"

Sie konnte sich nicht erinnern, sich schon einmal so sehr über die Stimme ihres Mannes gefreut zu haben.

„Hier, Hartmut, ich bin hier", krächzte sie erleichtert.

„Was ist denn hier los?", fragte Hartmut als er die beiden vor sich sah. „Du bist ja ganz blass."

„Auf Wiedersehen", brummte der Mann und ging mit unbewegter Miene davon.

„Helene, was ist denn passiert? Hat er, ich meine, hat er dir etwas getan?"

Helene winkte ab. „Nein, er hat mich nur erschreckt. Ich weiß auch nicht, was mit mir los ist. Sonst bin ich doch auch nicht so schreckhaft."

„Muss ich mir langsam Sorgen machen?", schmunzelte Hartmut.

„Worüber willst du dir denn Sorgen machen an so einem herrlichen Tag?", fragte Georg Köhler, der sich nach dem Verbleib der Öchsners erkundigen wollte. „Alles in Ordnung, Helene?"

Sie zuckte mit den Schultern und fragte sich, warum sie immer öfter hinter harmlosen Begebenheiten kriminelle Machenschaften vermutete. Lag es daran, dass Hartmut in seinem Berufsleben Polizist gewesen war? Aber was hatte die Tätigkeit als Verkehrspolizist mit krimineller Energie zu tun?

„Ach, gar nichts", lenkte sie ein. Sie wollte ihre Hirngespinste nicht an die große Glocke hängen. Vielleicht hatte sie auch einfach zu viele Krimis im Fernsehen gesehen.

„Dann ist es ja gut", freute sich Georg gut gelaunt. „Kommt schnell mit, Irmgard hat ein verlassenes Haus entdeckt."

Neugierig folgten sie ihrem neuen Bekannten. Helenes Puls normalisierte sich wieder, und die Aufregung legte sich langsam.

„Helene, komm doch, das musst du dir ansehen!" Hartmuts Stimme riss sie aus ihren Gedanken.

Aufgeregt lief er auf ein altes Gebäude zu, das mit seinen Türmchen und Erkern aussah wie ein kleines Schlösschen. Es lag ein paar Meter abseits des Wanderweges direkt am Ufer des Sees. Die Scheiben der vergitterten Fenster waren eingeschlagen, die ehemals rot gestrichenen Fensterläden verwittert, die Bruchsteinmauern mit Efeu bewachsen.

Hartmut und Georg streckten sich und sahen ins Innere des Gebäudes. Der Boden war übersät mit kaputten Möbeln, Kisten und Müll.

„Es sieht nicht so aus, als sei der Besitzer erst letzte Woche ausgezogen", bemerkte Georg ironisch. „Wirkt nicht allzu gemütlich."

Helene war am Rande des Weges stehengeblieben. Ihr genügte der Anblick des Schlösschens aus sicherer Entfernung. Sie musste nicht auch noch durch die vielen Schlammpfützen waten, die sich um das Haus herum gebildet hatten.

War es möglich, dass die Person mit der Taschenlampe vergangene Nacht hier an diesem verlassenen Gebäude war? Helene schüttelte sich bei der Vorstellung, nachts allein hier sein zu müssen. Aber vielleicht waren es ja auch mehrere Personen gewesen? Mit nur einer Taschenlampe? Unwahrscheinlich!

„Guten Tag, die Herrschaften", tönte es fröhlich vom Wanderweg her. „Gefällt Ihnen unser Schlössl?"

Wolfgang Moser war in Begleitung eines Herrn im Anzug und gelbem Bauhelm auf dem Kopf.

„Hallo, Herr Moser", begrüßte ihn Helene erfreut. „Wohnte hier nicht dieser Maler Max Parer, von dem Sie gestern erzählt hatten?"

„Ja, es war einst sein Wohnhaus", erklärte er stolz. „Leider verfällt es seit vielen Jahren zusehends. Schade."

„Sie könnten es doch kaufen und ein Ferienhaus für Abenteurer darin einrichten", schlug Helene vor. „So verwunschen wie es hier am Seeufer liegt, wäre es vielleicht auch etwas für eine romantische Hochzeitssuite."

„Die Idee ist gut", lachte Moser. „Aber es gibt bereits eine andere Bestimmung für das Schlössl. Die Gemeinde will das Gebäude mit den Dorffischern zusammen erneuern und auch Kulturschaffenden darin Platz bieten."

„Und wohin sind Sie so perfekt ausgestattet unterwegs?", fragte Hartmut, der sich inzwischen wieder durch den Schlamm auf den trockenen Wanderweg vorgearbeitet hatte.

„Wir gehen zum Steinbruch. Hier wird der berühmte Montiggler Porphyr abgebaut. Der Herr ist Architekt und berät mich bei der Auswahl der verschiedenen Steine für mein aktuelles Bauprojekt", erklärte der Hotelchef.

„Porphyr?", wiederholte Hartmut interessiert. Auch Georg Köhler hörte interessiert zu.

„Ja, der Stein ist wegen seiner Frostsicherheit und Widerstandsfähigkeit weit über die Grenzen Südtirols hinaus bekannt. Er wächst in drei Grundtönen: Violett, Grau und Rot. Auch die Oberflächen können unterschiedlich gestaltet werden."

Hartmuts Augen leuchteten.

„Möchten Sie gern mitkommen?", schlug Moser vor.

„Aber sehr gern", stimmte Hartmut freudig zu. „Wenn es Ihnen nichts ausmacht?"

Ein schneller Blick zu seiner Gattin sagte ihm, dass sie mit der kleinen Programmänderung einverstanden war.

Helene lächelte. „Geh nur. Wir finden den Weg um den See auch allein. Viel Spaß."

„Darf ich mich Ihnen anschließen?", erkundigte sich Georg Köhler. „Mich haben Steinbrüche schon immer fasziniert."

„Das geht mir ähnlich", stimmte Wolfgang Moser zu. „Deshalb freue ich mich auch jedes Mal, wenn der Architekt hier einen Ortstermin angesetzt hat. Dafür lasse ich mein Hotel gern einmal für eine Stunde allein."

Irmgard Köhler warf Helene einen amüsierten Blick zu.

„Es sieht so aus, als müssten wir beide nun allein diese anspruchsvolle Wanderung bewältigen."

„Ohne Verpflegung und Kartenmaterial", ergänzte Helene schmunzelnd und hakte sich bei ihrer neuen Bekannten unter.

„Ihr schafft das schon", rief ihnen Hartmut noch zuversichtlich zu, bevor er mit den anderen in Richtung Steinbruch marschierte.

7

Eine Stunde später stapfte Wolfgang Moser müde und zufrieden den Waldweg entlang in Richtung Hotel. Die Besprechung war anstrengend gewesen. Und doch waren alle wichtigen Entscheidungen getroffen worden.

So kräftezehrend diese Treffen und Termine auch waren, steigerten sie doch die Vorfreude auf das Bauprojekt. Nur noch wenige Wochen bis zum Baubeginn, wenige Monate bis zur Eröffnung. Zum Glück hatte sich der Architekt bereits verabschiedet, und die beiden älteren Herren wollten noch den versäumten Spaziergang um den See nachholen.

Wolfgang war froh um diese paar Minuten ganz für sich allein. Sein Kopf drohte angesichts der vielen Gedanken und Informationen schier zu platzen. Er beschloss, sich eine Viertelstunde Ruhe am See zu gönnen, um wieder Kraft zu tanken.

Er nahm den Weg hinunter zum Schlösschen, setzte sich auf einen großen Stein und ließ seinen Blick über die glatte Oberfläche des Sees gleiten. So sehr ihn auch die Vorbereitungen für den Neubau in Anspruch nahmen, musste er doch zugeben, dass ihn diese eigenartigen Briefe und der Anruf nicht ganz kalt ließen.

Was, wenn es der Briefeschreiber doch ernst meinte? Er hatte es auf Bilder abgesehen, deren Versteck er, Wolfgang Moser, angeblich kannte.

Was sollte das?

Jeder kannte die Geschichte von den Gemälden, aber niemand konnte sagen, ob sie wirklich existierten.

Wolfgang konnte sich keinen Reim darauf machen, warum ausgerechnet er derjenige sein sollte, der das Versteck kannte.

Erschöpft schloss er kurz die Augen.

Da ist er!
Die Gelegenheit ist günstig.
Die anderen Männer sind zum Glück fort.
Das Schicksal meint es gut mit mir.
Da sitzt er – ganz allein.
Er hat mich nicht bemerkt.
Ich komme langsam näher, drücke mich an die kalte Wand und ziehe vorsichtig die Pistole aus der Tasche.

Es knackte.
Wolfgang schreckte hoch und sah sich um.
Da war niemand.
Das Schlösschen lag friedlich in der Nachmittagssonne, der Wind strich durch das dichte Blätterwerk.
Sein Puls ging schneller. Er spürte eine Gefahr auf sich zu kommen.
Ärgerlich sprang er auf.
Vermutlich war er kurz eingenickt und hatte nur geträumt.
Es war ohnehin Zeit, wieder an die Arbeit zu gehen, anstatt hier untätig herumzusitzen.
Und doch.
Da war irgendetwas oder irgendjemand.
Langsam trat er auf das alte Gebäude zu.

Soll ich es jetzt wagen?
Vermutlich wird er schreien. Es ist mitten am Tag. Wahrscheinlich sind Spaziergänger unterwegs. Es müsste ganz schnell gehen.
Das Risiko ist groß. Ich darf auf keinen Fall schießen. Tot nützt er mir nichts. Ich brauche die Information.
Gleich kommt er um die Ecke ...

Wolfgang Moser schlich an der Mauer entlang. Schweiß trat ihm auf die Stirn. Sein Puls ging schneller.
„Hallo?", rief er mit belegter Stimme. „Ist da jemand?"
Außer dem Quaken der Frösche war kein Laut zu hören.
Er hielt den Atem an.
Plötzlich hörte er Schritte hinter sich.
Er fuhr herum.

„Hallo, Herr Moser. Was machen Sie denn hier?"
Wolfgang zuckte zusammen, als hinter ihm die imposante Gestalt eines weißhaarigen Mannes in heller Hose und blauem Polo-Shirt erschien.
„Spielen Sie Verstecken?", meinte der Mann und zwinkerte amüsiert mit seinem blau schillernden Auge.
„Herr Völkl! Sie sind das", stotterte Moser erschrocken.
Sah er jetzt schon Gespenster, oder warum versetzte ihn das Knacken eines Zweiges und die Anwesenheit einer seiner Stammgäste in Unruhe? Er hatte wirklich geglaubt, jemand schleiche sich an, um ihn ...
Um ihn – was?
Wolfgang schüttelte sich.
„Wen hatten Sie denn erwartet?", fragte Herr Völkl besorgt.
„Ist alles in Ordnung mit Ihnen?"
Doch der Hotelchef war wieder ganz bei sich.
„Ja, alles gut. Ich denke, ich war nur etwas müde nach all den Besprechungen."
„Wissen Sie was? Ich begleite Sie zurück ins Hotel und wir trinken einen starken Espresso."

„Komm, Helene, wir sehen uns dieses bemerkenswerte Gebäude noch einmal genauer an", ertönte in diesem Moment die fröhliche Stimme Irmgard Köhlers. Gemeinsam mit Helene Öchsner kam sie den Wanderweg entlang auf das Schlösschen zu.
„Oh, hallo, Herr Moser", begrüßte sie den Hotelchef erfreut.
„Ist Ihr Termin im Steinbruch bereits beendet?"
„Ja, es ging schneller als geplant. Ich denke, es war auch für Ihre Männer interessant. Haben Sie schon mit ihnen gesprochen?"
„Nein, wir saßen gemütlich auf einer Bank und genossen die wunderschöne Aussicht."
„Haben Sie denn den See schon umrundet?", fragte Moser freundlich, doch Irmgard Köhler schüttelte den Kopf.
„Ohne die Brotzeit aus dem Rucksack meines Mannes sahen wir uns nicht in der Lage, diesen Tagesmarsch zu bewältigen, nicht wahr, Helene?", antwortete sie und zwinkerte ihrer Begleiterin verschmitzt zu. „Unsere Männer

sollen ruhig allein wandern. Wir gehen lieber zurück zum Hotel und gönnen uns einen köstlichen Cappuccino."

„Das hatten wir auch gerade vor, nicht wahr, Herr ..." Wolfgang Moser sah sich irritiert um.

„Wo ist denn ...?", stotterte er.

„Wen meinen Sie?", fragte Helene nach.

„Hier stand doch gerade noch ein Gast aus dem Hotel", erklärte Moser verwirrt.

„Mir ist niemand aufgefallen", antwortete Helene. „Hast du jemanden bemerkt, Irmgard?"

Irmgard Köhler schüttelte den Kopf. „Nein, aber wenn Sie möchten, würden wir Ihnen gern beim Kaffee Gesellschaft leisten."

Wolfgang Moser lächelte. „Dann mal los."

Schade!

Ich war kurz davor! Alles hätte perfekt gepasst, er wäre jetzt schon in meiner Gewalt.

Warum mussten auch diese beiden Frauen kommen?

Ich werde es wieder versuchen, wieder und wieder, bis ich ihn habe!

8

Wie bereits am Abend zuvor hatte das Buffet eine solche Vielzahl an erlesenen Köstlichkeiten geboten, dass es für die Gäste fast unmöglich gewesen war, alles einmal zu probieren.

Helene hatte nach drei Vorspeisentellern beschlossen, auf den Hauptgang zu verzichten und erst beim Nachtisch wieder einzusteigen. Jetzt saß sie glücklich mit Hartmut und den Köhlers draußen in der Lounge und freute sich auf die allwöchentliche Vorstellung der Mitarbeiter.

„Was darf ich Ihnen bringen?", fragte der junge Barmann Jonas mit der spiegelblanken Glatze. „Wieder einen Sex-on-the-Lake wie gestern?"

„Ja, sehr gern", stimmte Helene zu. Auch die anderen drei gaben ihre Bestellung auf.

„Machen Sie denn heute kein Feuer?", hakte Hartmut nach, doch Jonas schüttelte den Kopf.

„Das ist Chefsache"; antwortete er grinsend. „Wir verwenden in seinen Augen oft das falsche Holz oder werfen zu viele Scheite aufs Feuer. Deshalb macht es der Chef immer am liebsten selbst."

Irmgard wickelte sich in eine der bereitliegenden Decken. „Na, dann hoffen wir mal, dass er schnell kommt, was?"

Jonas lief los, um die Getränke zu holen.

„Hallo, Frau Öchsner. Hatten Sie eine schöne Wanderung?", fragte Heike Hofmann, als sie mit ihrem Mann an der Sitzgruppe vorbeikam. Sie trug ein hübsches Sommerkleid, Sandalen und eine Strickjacke und wirkte müde, aber zufrieden.

„Ja, es war sehr idyllisch und entspannend. Wie war Ihr Ausflug? Wollen Sie sich nicht zu uns setzen?"

„Wir wollen Sie nicht stören", antwortete Bernd Hofmann

höflich, doch weder Hartmut und Helene noch das Ehepaar Köhler ließen die beiden wieder gehen. Nach wenigen Minuten hatten auch sie jeder einen Sex-on-the-Lake in der Hand und stießen miteinander auf den erfolgreichen Tag an.

„Unsere Tour war erwartungsgemäß anstrengend", berichtete Bernd Hofmann. „Es ist einfach sehr viel Autoverkehr am Mendelpass. Das macht nicht so viel Spaß und ist ziemlich gefährlich. Eigentlich wollten wir nicht den gleichen Weg wieder zurückfahren, sondern noch das Gampenjoch mitnehmen."

„Du hattest die Idee", verbesserte Heike ihren Mann vorwurfsvoll. „Ich habe dir gleich gesagt, dass das zu viel wird."

„Ist das nicht die Strecke in Richtung Norden nach Lana, kurz vor Meran?", bemerkte Hartmut bewundernd.

„Genau", stimmte Heike zu. „Zum Glück habe ich mich durchgesetzt und wir sind wieder den Mendelpass hinunter gefahren, sonst wären wir vermutlich jetzt noch zwischen Meran und Bozen unterwegs und müssten unser Nachtlager zwischen Golden Delicious und Gala Äpfeln aufschlagen."

Bernd lachte. „Du hast ja recht, mein Schatz. So waren wir rechtzeitig wieder zurück und hatten noch Zeit für einen Mittagsschlaf und einen Besuch in der Sauna. Ich sollte öfter auf dich hören."

In diesem Moment ertönten klangvolle Gesangseinlagen vom Duo Darko & Sabine. Traditionell wurde die Vorstellung der Mitarbeiter von stimmungsvoller Livemusik begleitet. Die Gespräche verstummten. Alle hörten gebannt zu.

Nach einigen Liedern und mehreren südländischen Witzen von Ricardo wurden die Leute langsam unruhig.

Es war bereits 22.00 Uhr und Herr Moser war noch immer nicht da. Manch einer war müde, wollte aber die Veranstaltung keinesfalls verpassen. Außerdem hatten sich viele auf das allabendliche Feuer gefreut, ohne das der Spätsommerabend doch langsam frisch wurde.

Die Mitarbeiter, die bereits seit einer halben Stunde vor dem Hoteleingang warteten, wurden zusehends ungehalten. Viele wollten in ihren wohlverdienten Feierabend, manche mussten wieder zurück an ihre Arbeit.

Wo blieb nur Wolfgang Moser?

Da trat Christine Moser ans Mikrofon. Sie wirkte verunsichert und ängstlich.

„Liebe Gäste", begann sie mit etwas zittriger Stimme. „Ich weiß, dass Sie sich alle auf die traditionelle Vorstellung der Mitarbeiter freuen, aber mein Mann lässt leider auf sich warten. In Italien ist es üblich, eine halbe Stunde zu spät zu kommen, in Deutschland ist man überpünktlich. Südtirol hat von beidem etwas und wir können uns auf eine Verspätung von vielleicht 20 Minuten einstellen."

Sie lächelte die Gäste bemüht an und bat ihre Mitarbeiter auszuschwärmen um den Hotelchef zu suchen.

Doch auch nach einer weiteren Dreiviertelstunde war kein Hotelchef in Sicht.

„Bitte entschuldigen Sie mich", meinte Heike Hofmann müde. „Ich muss ins Bett. Morgen wollen wir zum Penserjoch, da brauche ich all meine Kräfte. Gute Nacht und viel Spaß noch."

„Ich komme mit", setzt Bernd hinzu und erhob sich ebenfalls. „Ich bin zwar fit wie ein Turnschuh, aber so ein bisschen Schlaf kann trotzdem nicht schaden." Er zwinkerte fröhlich in die Runde. „Gute Nacht."

„Schlafen Sie gut. Bis morgen", lächelte Helene und überlegte, ob sie nicht auch aufs Zimmer gehen sollte, doch sie war zu neugierig darauf, etwas über die Mitarbeiter des Hotels zu erfahren.

„Ich glaube, ich hole mir doch noch schnell eine Jacke", meinte Georg fröstelnd. „Die Veranstaltung scheint noch länger zu dauern. Ich bin gleich wieder da."

„Ich habe mich schon die ganze Zeit gewundert, dass es dir nicht kalt ist", gab Helene zurück. Sie trug einen warmen Fleecepulli und war inzwischen schon in zwei Decken gehüllt.

„Mein Mann friert so gut wie nie", erklärte Irmgard achselzuckend. „Wenn andere schon in dicken Daunen-

anoraks unterwegs sind, reicht ihm eine dünne Lederjacke."
„Er ist offensichtlich ein heißblütiger Rheinländer", grinste Hartmut verschmitzt.

Kurz darauf trat Christine Moser abermals ans Mikrofon. Sie gab sich alle erdenkliche Mühe, ruhig und gelassen zu bleiben, konnte aber ihre Angst nicht ganz verbergen.
„Liebe Gäste, mein Mann lässt sich für heute Abend entschuldigen. Er fühlt sich nicht ganz wohl und wird Ihnen sehr gern morgen die Mitarbeiter vorstellen. Ich wünsche Ihnen trotzdem noch einen schönen Abend mit unseren beiden Musikern."
Damit gab sie das Mikrofon zurück und eilte ins Hotel.
Schade.
Helene hatte sich auf die Veranstaltung gefreut, wollte aber trotzdem noch nicht schlafen gehen. Den anderen ging es ähnlich. Der Abend war einfach zu schön, um schon vorbei zu sein. Georg verkündete lauthals, dass ihm trotz Jacke noch immer kalt sei und er dringend noch einen Cocktail benötige.
Helene erhob sich, um hinein auf die Toilette zu gehen. Ihr war ganz leicht schwindelig – der Sex-on-the-Lake entfaltete seine Wirkung. Vielleicht sollte sie doch noch einen trinken, um die nötige Bettschwere zu bekommen? Sie hatte keine Lust auf eine weitere schlaflose Nacht.

Die Glastür zur Lobby öffnete sich lautlos.
Aufgeregtes Stimmengewirr drang aus dem Büro hinter der Rezeption. Helene konnte zunächst nicht verstehen, worum es ging, bis sie zwischen dem verzweifelten Schluchzen Christines ein Wort heraushörte, das ihr den Atem stocken ließ:

Entführt!

9

Mit steifen Gliedern erwachte Wolfgang Moser in einem dunklen, feuchten, kalten Raum. Er zitterte, ihm war schwindelig und er wusste nicht, wo er war. Sein Kopf brummte. Er hatte eine beachtliche Beule am Hinterkopf.

Was war passiert?

Er konnte sich nur noch daran erinnern, dass er nach seinen Apfelbäumen gesehen hatte. Die Baumreihe mit den Galaäpfeln, die zum Abernten für die Gäste gedacht war, war bereits leer, und nun musste er entscheiden, welche Reihe er als nächstes freigeben konnte.

Was war dann passiert?

Hatte er nicht einen Anruf bekommen?

Richtig! Sein Handy hatte geklingelt.

Ganz schemenhaft kam die Erinnerung zurück. Ein Gast hatte ihn gebeten, zum alten Schlössl zu kommen, er habe dort etwas Eigenartiges entdeckt.

Welcher Gast das war, konnte er nicht sagen, denn als er beim Schlössl angekommen war, wurde er offenbar niedergeschlagen und in diesen Raum geschafft.

Wo war er hier nur? Wer hatte ihn hierher gebracht? Und warum?

Es war stockdunkel. Man konnte nicht einmal die Hand vor Augen sehen. Feuchte Kälte kroch durch seine dünne Hose. Er fror schrecklich.

„Hallo!!", schrie er so laut er konnte. „Hallo, ist da jemand?!"

Er lauschte angestrengt in die dunkle Stille, doch er hörte nichts außer dem Summen in seinen Ohren.

„Hallo! Was wollen Sie von mir?!", versuchte er es noch einmal.

Nichts.

Trotz der Kälte brach ihm der Schweiß aus allen Poren, sein Bauch begann zu rumoren, sein Herz raste, er hatte Angst.

„Wolfgang, jetzt beruhige dich doch", flüsterte er vor sich hin, um sich selbst Mut zu machen. „Was ist das hier für ein Raum?"

Er tastete den Boden ab und fühlte gestampften Lehm unter seinen Fingern. Die Luft roch modrig, feucht und erdig. Steckte er etwa in einem Erdloch?

Sein Herz verkrampfte sich.

Vorsichtig stand er auf, um festzustellen, wie hoch der Raum war. Erleichtert stellte er fest, dass er zumindest aufrecht stehen konnte. Nur wenige Zentimeter über seinem Kopf spürte er feuchte, kühle Erde.

Er musste wissen, wie groß sein Gefängnis war und ob sich außer ihm noch etwas (oder jemand?) hier befand. Eine Gänsehaut überzog seinen Rücken bei der Vorstellung, was er auf seiner Entdeckungstour alles finden könnte, aber er hatte keine andere Wahl. Wenn er nicht tatenlos in der Kälte herum sitzen wollte, musste er dieses Risiko eingehen.

Langsam begann er, sein Gefängnis zu erforschen. Vielleicht fand sich irgendwo eine Decke oder zumindest irgendeine Art von Licht. Es machte ihn zunehmend panisch, nicht zu wissen, wo er sich befand.

In Zeitlupentempo schlich er über den kalten Boden, beide Arme weit vorgestreckt.

Plötzlich stieß sein Fuß an einen Gegenstand.

Wolfgang bückte sich und fühlte Glas. Es schien sich um ein Einweckglas zu handeln. Daneben standen noch eines und noch eines. Insgesamt zählte Wolfgang über zwanzig Gläser, die über den Boden verteilt waren. Er schob sie sorgsam zur Seite und achtete darauf, keines zu zerbrechen, denn er wollte nicht in Gefahr laufen, sich an den Scherben zu verletzen.

Kurz darauf hatte er die Wand erreicht. Er spürte modriges Holz. Offenbar handelte es sich um ein Regal. Er tastete alle Einlegeböden ab. Das Regal war leer. Kurz überlegte er, die vielen Gläser in das Regal zu räumen, zog es aber doch vor, die Erkundung seines Gefängnisses fortzusetzen. Er hoffte, doch noch eine Decke oder etwas Ähnliches zu finden.

An den Wänden standen noch weitere spärlich bestückte Möbelstücke, Körbe und Schachteln. Nach weiteren fünf Minuten stießen seine Hände endlich an etwas Weiches, das sich anfühlte wie Wolle.

Er jubilierte innerlich, hatte ihn doch trotz seiner prekären Situation das Glück nicht ganz verlassen.

Es handelte sich bei seinem Fund um eine kratzige, stinkende Decke, die er in jeder anderen Situation mit spitzen Fingern oder gar Handschuhen geradewegs in die Mülltonne befördert hätte, doch angesichts seiner angespannten Lage war er froh, etwas zu haben, was er sich über die zitternden Schultern legen konnte.

So gut es eben ging schüttelte er die Decke aus, um zu vermeiden, sich die wärmende Wolle auch noch mit einer Ratte oder Maus teilen zu müssen.

Er wickelte sich fest hinein, setzte sich mit angezogenen Beinen hin und begann, seine Situation zu analysieren. Allmählich kehrte wieder Wärme in seinen Körper zurück.

Er wurde ruhiger, überlegte, was zu tun sei.

Plötzlich hatte er die rettende Idee: Sein Handy!

Er trug es eigentlich immer bei sich. Aufgeregt fasste er in seine Hosentasche …

10

Christine Moser saß zusammengesunken auf dem Schreibtischstuhl. Dicke Tränen rannen ihr die erhitzten Wangen
hinab. Marlene, Iris und Ricardo standen fassungslos
daneben. Sie konnten nicht glauben, was sie soeben gehört
hatten.

Ihr Chef war entführt worden!

Der Entführer hatte sich vor wenigen Minuten gemeldet,
sich mit flüsternder Stimme als nichtehelicher Sohn Max
Parers ausgegeben und die Herausgabe von vier verschwundenen Gemälden gefordert. Sollte Christine das Versteck der
Kunstwerke nicht preisgeben, würde sie ihren Mann nie
wieder sehen.

„Ich habe schon so etwas befürchtet", stieß Christine
verzweifelt hervor. „Aber Wolfgang hat die Briefe nicht
ernst genommen."

„Briefe? Welche Briefe?" Iris verstand jetzt gar nichts mehr.

„Wir haben in den letzten Tagen mehrere Drohbriefe
erhalten", berichtete Christine und fischte einen Stapel
faltiger Papiere aus der Schreibtischschublade. „Wolfgang
hat sie immer weggeworfen, aber ich dachte mir, es sei
besser, sie aufzuheben.

Mit ungläubigen Gesichtern saßen ihre Mitarbeiter über die
Briefe gebeugt.

„Warum hast du das nicht der Polizei gemeldet?", fragte
Ricardo ungläubig.

„Das wollte ich ja, aber Wolfgang war strikt dagegen. Er
wollte nicht unnötig die Polizei im Haus haben."

„Unnötig?", rief Iris entsetzt.

„Er hielt es für einen Scherz."

„Ein Scherz sieht für mich anders aus", meinte Iris mit
belegter Stimme. Sie bemühte sich nach Kräften, die

Fassung zu bewahren, was ihr nur ansatzweise gelang.
„Weißt du denn etwas von den Bildern?"
„Natürlich nicht", schluchzte Christine.
„Aber ist es nicht wirklich so, dass einige der Parer-Bilder verschollen sind?", gab Ricardo nüchtern zu bedenken.
„Das ist doch nur eine Geschichte, die man sich seit Jahren im Dorf erzählt. Damit habe ich doch nichts zu tun!" Christine war verzweifelt. „Und jetzt ist mein Wolfgang in der Gewalt eines Verrückten, der all dieses Gerede für bare Münze nimmt. Wir müssen sofort die Polizei alarmieren."
Hektisch griff sie mit zitternder Hand zum Hörer, doch Ricardo ging energisch dazwischen.
„Spinnst du? Du hast den Mann doch gehört. Keine Polizei! Der Typ ist zu allem fähig."
„Was ist denn hier los?", fragte in diesem Moment ein attraktiver Mann mit südländischem Aussehen, der eben ins Büro kam.
„Hallo, Gerd", begrüßte ihn Marlene und berichtete von den dramatischen Ereignissen. Gerd war der Weinsommelier im Gartenhotel Moser, ein Weltenbummler.
Mit offenem Mund lauschte er Marlenes Bericht.
„Ich habe auch schon von angeblich verschwundenen Bildern gehört. Hast du nicht den Sohn von Parer eine Zeit lang versorgt, Christine? Vielleicht hat er dir ja zum Dank dafür die wertvollen Gemälde vererbt?"
„Hört doch endlich auf mit diesen Bildern! Begreift ihr denn nicht, dass Wolfgang in Lebensgefahr schwebt? Ich rufe jetzt die Polizei. Ich lasse mir doch von einem solchen Gangster nicht sagen, was ich tun oder lassen soll!"
Mit wilder Entschlossenheit griff sie sich das Telefon und wählte die Notrufnummer.

11

Ein Streifenwagen fuhr in den Hof des Hotels. Fenster wurden geöffnet, Balkontüren aufgerissen. Menschen in Schlafanzügen und Bademänteln traten neugierig heraus und beobachteten, wie ein groß gewachsener, dunkelhaariger Mann mit Lederjacke und Sonnenbrille in Begleitung einer jungen, uniformierten Polizistin aus dem Streifenwagen stieg und gemeinsam mit Christine Moser im Hotel verschwand.

Was war nur passiert? Was hatte es mit Wolfgang Mosers Abwesenheit auf sich? Steckte womöglich doch mehr dahinter als lediglich ein harmloses Unwohlsein?

Auch Helene Öchsner hatte mit großer Sorge die Ankunft der Polizei beobachtet. Dann stimmte es also doch: Wolfgang Moser war entführt worden!

Voller Skepsis hatte sie am späten Abend gesehen, wie sich der Mann mit den weißen Haaren zu drei Ehepaaren an den Nachbartisch in der Lounge gesetzt hatte. Er schien mit den Leuten sehr gut bekannt zu sein, waren sie doch schnell in ein angeregtes Gespräch vertieft. Das Verschwinden des Hotelchefs schien sie nicht weiter zu stören. Ohne es vermeiden zu können, hatte Helene Gesprächsfetzen mitangehört, die sie seitdem nicht mehr aus dem Kopf bekam. Es ging um Kunstwerke, um Max Parer und um viel, viel Geld. Helene hatte den Mann bereits öfter in der Max-Parer-Stube dabei beobachtet, wie er sich intensiv mit den aushängenden Bildern und den Büchern aus dem Regal beschäftigt hatte. Jedes Mal, wenn er sie bemerkte, hatte er sich ertappt gefühlt und schnellstmöglich den Raum verlassen.

Commissario Roberto Pagani saß lässig auf dem Schreibtischstuhl, die Lederjacke über der Stuhllehne, die Sonnenbrille auf die mit reichlich Gel nach hinten geklebten Haare geschoben.

„Also, was haben wir?", fragte er in gebrochenem Deutsch.

Er war Italiener und zu seinem Leidwesen vor über fünf Jahren nach Bozen strafversetzt worden, ein Schicksal, das in Italien so manchen Beamten traf, der sich in seiner bisherigen Dienststelle nicht angemessen verhalten hatte oder höherrangigen Kollegen auf die Füße gestiegen war.

Für Pagani war diese Versetzung eine Katastrophe gewesen. Er, der immer davon geträumt hatte in Süditalien dem wahren Verbrechen den Garaus zu machen, saß nun hier in der nördlichsten Provinz, in der so gut wie nie etwas passierte. Aber er war erst 43 Jahre alt und würde weiterhin versuchen, endlich von hier weg zu kommen. Immerhin war er frei und unabhängig, hatte keine Frau, keine Kinder, keinen Hof und keine Apfelplantage.

Er konnte tun was er wollte. Leider war er bis zu diesem hoffentlich nicht mehr ganz so fernen Tag gezwungen, Dinge zu tun, die er durchaus nicht wollte, nämlich beispielsweise Deutsch zu lernen. Jeder Beamte in Südtirol musste den Zweisprachigkeitsnachweis erbringen und beide Sprachen beherrschen, je nachdem, ob ein deutschsprachiger oder ein italienisch sprechender Bürger ins Präsidium kam. Pagani hasste Deutsch und er hasste das Lernen!

Im Gegensatz zu den Kollegen, die mit ihm gemeinsam den Kurs begonnen hatten, hatte er die Prüfungen noch immer nicht bestanden und musste nach wie vor regelmäßig Vokabeln und Grammatik pauken.

Und jetzt saß er in einem Hotel voller Deutscher und musste womöglich in dieser verhassten Sprache endlose Verhöre führen. Noch war alles gut, denn die Hotelbesitzerin und ihre Angestellten sprachen auch fließend italienisch.

„Was sollen wir nur tun?", schluchzte Frau Moser verzweifelt. „Der Entführer hat gesagt, wir dürfen keinesfalls die Polizei einschalten, sonst …"

„Beruhigen Sie sich, Frau Moser", meinte Pagani, bemüht seine Ungeduld zu verbergen. „Erzählen Sie doch bitte der Reihe nach."

Das Trösten von tränenüberströmten Zeugen, Opfern oder Angehörigen gehörte nicht unbedingt zu seinen Stärken. Um genau zu sein machte es ihn rasend. Er wollte Informationen, klare Aussagen, unmissverständliche Beobachtungen und kein Gestammel, das er dann erst mühsam zusammensetzen musste. Deshalb nahm er in letzter Zeit immer häufiger eine junge Polizeianwärterin mit, die über ein bemerkenswertes Einfühlungsvermögen verfügte. Darüber hinaus war sie auch des Deutschen mächtig und konnte so ihrem Vorgesetzten die Gespräche in der verhassten Sprache abnehmen.

Sabine Schmalgruber war Mitte 20, hatte kurz geschnittenes blondes Haar und eine sportliche Figur. In ihrer Freizeit trainierte sie hart für ihr hoch gestecktes Ziel:

Die Teilnahme am berühmten Triathlon in Roth, einer Kleinstadt in Süddeutschland. Es handelte sich um einen der härtesten Wettkämpfe in dieser Disziplin weltweit. Im nächsten Jahr sollte es soweit sein. Sie hatte sich bereits einen der begehrten Startplätze gesichert. Jetzt musste sie nur noch auf den Punkt genau fit sein.

„Aber wenn meinem Mann etwas passiert!" Christine Moser konnte kaum einen klaren Gedanken fassen. Sabine Schmalgruber nahm ihre eiskalte Hand und lächelte sie aufmunternd an.

„Ich kann verstehen, dass Sie durcheinander und schockiert sind, Frau Moser, aber es ist jetzt wichtig, dass wir möglichst viele Informationen bekommen", sagte sie mit einfühlsamer Stimme und sah ihr Gegenüber verständnisvoll an. „Was genau hat der Mann gesagt? Sind Sie ganz sicher, dass es überhaupt ein Mann war?"

Christine Moser fuhr sich mit einem bereits völlig durchnässten Taschentuch über die Augen. Als ihr die junge Polizistin ein frisches reichte, nahm sie es dankbar an.

„Danke. Eigentlich kann ich gar nicht genau sagen, ob es ein Mann oder eine Frau, ob die Person alt oder jung war. Die Person hat nämlich geflüstert."

„Und was hat sie gesagt?"

„Sie hat gesagt, sie wolle die verschwundenen Gemälde von Max Parer, sonst würde ich meinen Mann nie wieder sehen."
Wieder rannen Tränen über ihr Gesicht.

„Welche Gemälde? Wer ist dieser Max Parer?", mischte sich Pagani in das Gespräch ein.

„Parer war ein Südtiroler Maler, der hier in Montiggl im alten Schlössl gelebt hat und 1970 verstorben ist", erklärte Iris. Sie arbeitete bereits seit über 15 Jahren im Gartenhotel und kannte sich in allen Belangen bestens aus. „Max hatte einen Sohn, der auch zeitweise im Schlössl lebte und von Christine versorgt wurde. Er war ein eigenartiger Kauz, hatte angeblich Visionen und übersinnliche Kräfte. Er starb vor einigen Jahren. Seither steht das Schlössl leer."

„Und was hat es mit den Gemälden auf sich?"

Iris sah Christine fragend an, doch die Hotelchefin zuckte mit den Schultern.

„Haben Sie vielleicht noch ein Taschentuch?", bat sie Sabine Schmalgruber. Diese nickte und reichte ihr das ganze Päckchen. Christine Moser schnäuzte sich noch einmal kräftig. Langsam wurde sie ruhiger.

„Das ist eine alte Geschichte, die man sich im Dorf erzählt. Ich habe keine Ahnung, warum jetzt plötzlich jemand glaubt, es gebe diese Bilder wirklich und ausgerechnet mein Mann wisse, wo sie sind. Parer hat so viel gemalt. Allein in unserem Parer-Stübchen hängen die Wände voll. Ich habe keinen Überblick darüber, wie viele Werke er geschaffen hat und wo sie überall verteilt sind. Bitte helfen Sie uns."

Christine holte den Stapel mit den Drohbriefen aus der Schublade und legte sie auf den Schreibtisch.

„Was ist das?", fragte Pagani und nahm die Papiere zur Hand.

„Drohbriefe", flüsterte Christine mit dem Anflug eines schlechten Gewissens.

„Wie bitte?", hakte Pagani nach, während er die Nachrichten durchblätterte.

Christine räusperte sich.

„Das sind Briefe, die wir in den letzten Tagen bekommen haben, ohne Absender, an meinen Mann adressiert."

„Und das sagen Sie erst jetzt?", brauste Pagani auf. „Warum sind Sie nicht gleich damit zu uns gekommen? Dann wäre ihr Mann jetzt vielleicht nicht in der Gewalt eines Entführers!"

Christine brach erneut in Tränen aus.

„Ich wollte ja, aber Wolfgang hat die Sache nicht ernst genommen."

„Wann kam der erste Brief?", fragte Pagani streng.

„Vor vier Tagen."

„War er abgestempelt?"

„Nein, er lag einfach so im Briefkasten."

Pagani reichte die Papiere seiner Kollegin. „Lassen Sie die auf Fingerabdrücke untersuchen. Von der Analyse der Schrift verspreche ich mir allerdings nicht viel. Frau Moser, wir brauchen eine Liste aller Gäste, die seit vier Tagen im Haus sind."

„Denken Sie, dass einer meiner Gäste …?"

„Ich denke noch gar nichts. Wir müssen nur alle Möglichkeiten in Betracht ziehen. Wann haben Sie denn Ihren Mann zum letzten Mal gesehen?"

„Kurz vor dem Abendessen. Um 21.30 Uhr sollte er, wie jeden Donnerstagabend, die Vorstellung der Mitarbeiter moderieren, aber da war er nicht mehr da. Kurz darauf kam der Anruf."

„Weiß jemand von Ihnen, wo Herr Moser hinwollte?", wandte sich Pagani an die Mitarbeiter.

„Er wollte nach den Apfelbäumen sehen", antwortete Iris. Nach einem fragenden Blick der beiden Polizisten fuhr sie fort: „Unsere Gäste haben im Herbst die Möglichkeit, selbst ein Kistchen Äpfel für zuhause zu pflücken. Nachdem die erste Baumreihe bereits abgeerntet war, wollte der Chef nach weiteren Bäumen schauen."

Pagani blickte interessiert auf.

„War einer der Gäste bei ihm?"

Iris schüttelte den Kopf. „Ich habe niemanden gesehen."

„Wo sind denn diese Bäume?"

Christine Moser lächelte zum ersten Mal ein wenig. „Überall, Commissario, überall. Das ganze Hotel ist von Apfelbäumen und Weinstöcken umgeben. Ich weiß leider nicht, nach welchen Wolfgang sehen wollte."

„Haben Sie bereits versucht, ihn auf seinem Handy zu erreichen?"

„Natürlich! Mehrfach! Aber das Gerät ist ausgeschaltet, was

eigentlich untypisch für ihn ist. Er ist sonst immer erreichbar, vor allem jetzt in der Planungsphase für den Neubau."

„Neubau?"

„Ja, wir bauen ein luxuriöses Biotop Chalet mit Tiefgarage und Wellnessbereich. Baubeginn ist im November, die Fertigstellung ist für Ostern 2015 geplant."

„Klingt vielversprechend", gab der Commissario zu und überlegte insgeheim, ob seine überschaubaren finanziellen Mittel für einen Kurzurlaub in einem solchen Biotop Chalet ausreichend waren. Doch damit würde er sich befassen, wenn der Hotelchef wieder wohlbehalten zurück war.

„Hat Ihnen der Entführer ein Ultimatum gestellt?"

Sofort wurden Christines Augen wieder feucht.

„Ultimatum?", stammelte sie.

„Hat er gesagt, bis wann Sie Zeit haben, die Gemälde aufzutreiben?", wiederholte der Commissario ungeduldig.

Christine Moser schüttelte den Kopf.

„Er hat gesagt, ich solle bis morgen über die Sache nachdenken." Sie schluchzte wieder. „Und ich könne sicher sein, dass Wolfgang keine gemütliche Nacht verbringen werde."

„Dann können wir wohl heute nichts mehr ausrichten, denke ich", meinte Pagani und erhob sich. „Wir kommen morgen wieder und sprechen mit Ihren Gästen. Irgendjemand muss doch etwas gesehen haben. So ein Mann verschwindet doch nicht einfach."

Christine starrte den Polizisten entsetzt an und sprang auf.

„Sie wollen jetzt einfach so gehen? Unternehmen Sie doch etwas! Sie sind schließlich die Polizei! Sie müssen meinen Wolfgang finden!"

„Frau Moser", versuchte Sabine Schmalgruber die Hotelchefin zu beruhigen. „Es ist gleich zwei Uhr in der Nacht. Was sollen wir denn jetzt tun? Wir können doch nicht alle Gäste aus den Betten holen und mit endlosen Befragungen beginnen. Ruhen Sie sich etwas aus, morgen früh sehen wir weiter."

12

Als Wolfgang Moser realisierte, dass sein Mobiltelefon nicht in seiner Hosentasche war, stieß er einen lauten Fluch aus.

Sein Entführer hatte es ihm abgenommen. Der Mann hatte an alles gedacht - nur nicht daran, ihn in seinem Verlies mit Licht, Nahrung und Wasser zu versorgen. Und einen kleinen Hunger hatte Herr Moser immer.

„Hallo!", brüllte er noch einmal aus Leibeskräften. Mittlerweile war er sich fast sicher, dass er sich im Keller des Schlösschens befand. Warum sonst hätte ihn der Entführer hierher locken sollen. Immerhin war Wolfgang Moser ein großer, stattlicher Mann, den man nicht einfach mal kilometerweit durch die Gegend tragen konnte.

Er überlegte.

Zwar hatte er schon von dem Keller gehört, war aber noch nie dort gewesen. Er hatte keine Vorstellung davon, wo der Raum genau war und wo es wie viele Ein- und Ausgänge gab.

Aber er wusste, dass das idyllisch gelegene Gebäude täglich viele Spaziergänger anlockte. Er musste nur laut genug rufen, dann würde ihn doch sicherlich bald jemand hören.

„Hilfe!", versuchte er erneut sein Glück. „Hilfe! Ich bin hier unten im Keller! Helfen Sie mir!"

Er schrie, bis ihm ein beunruhigender Gedanke durch den Kopf schoss. Wer weiß, wie lange er bewusstlos gewesen war. Womöglich war es inzwischen tiefe Nacht und er würde bis zum nächsten Morgen warten müssen, bis er auf Rettung hoffen durfte.

Erschöpft ließ er sich auf den Boden fallen und wickelte sich wieder fester in seine kratzige Decke.

Sein Magen knurrte und er hatte einen trockenen Mund.

Wut stieg in ihm auf.

Was wollte dieser Kerl von ihm? Warum hielt er ihn hier in diesem Loch gefangen - ohne Wasser und Essen? Oder stand hier irgendwo etwas für ihn bereit? War das alles ein Spiel? Saß sein Entführer in einer der dunklen Ecken und beobachtete ihn mit einem Nachtsichtgerät?

Neue Energie erwachte in ihm. Er musste sich wieder auf die Suche machen, auf die Suche nach Wasser, Licht und einem Ausgang. Zumindest war er nicht gefesselt. Das war doch schon mal etwas.

Wild entschlossen fuhr Wolfgang Moser fort, sein Gefängnis zu erforschen.

13

Helene lag mit offenen Augen im Bett und starrte an die Decke. Wie es wohl Herrn Moser in diesem Moment ging? Aller Wahrscheinlichkeit nach lag er nicht mit einem angenehm gefüllten Magen in einem warmen, weichen Bett. Wo hatte man ihn hingebracht?

Ging es ihm den Umständen entsprechend gut?

Die Ereignisse des vergangenen Tages waren so aufregend gewesen, dass es auch die drei Sex-on-the-Lake nicht schafften, Helene einen erholsamen Schlaf zu bescheren.

Sie trat erneut hinaus auf den Balkon und blickte hinüber zum Schlösschen, dorthin, wo sie in der vergangenen Nacht den seltsamen Lichtschein gesehen hatte. Doch heute blieb es dunkel und friedlich. Sogar die Frösche schienen zu schlafen.

Helene seufzte.

Vielleicht sollte sie sich doch eine Schlaftablette holen, schließlich wollten sie am nächsten Tag einen Ausflug nach Bozen unternehmen, da brauchte sie ihre Kräfte.

Sie ging ins Bad und suchte nach den Tabletten, doch es waren keine da. Hatte sie die Packung zuhause vergessen? Das wäre ja unangenehm.

Helene beschloss, den Nachtportier zu fragen, ob sich nicht in der hoteleigenen Notfallapotheke ein entsprechendes Präparat finden ließ. Leise zog sie sich ihren Bademantel über, schlüpfte in ihre Hausschuhe und verließ auf Zehenspitzen das Zimmer. Vermutlich hätte sie auch das Licht anschalten und sich laut pfeifend anziehen können. Hartmut hätte trotz allem friedlich weitergeschlafen.

Auf dem Flur war es still. Sie drückte den Knopf für den Fahrstuhl, der kurz darauf mit einem leisen Seufzer die Türen öffnete.

Die Hotellobby war schwach beleuchtet. Es hingen schon die Plakate für den Tag aus, die verschiedene Sport- und Ausflugsangebote präsentierten. Auch der Speiseplan und die Aktionen für die Kinder waren bereits angeschlagen.

„Können Sie nicht schlafen?"

Helene zuckte zusammen und fuhr herum.

„Bitte verzeihen Sie, ich wollte Sie nicht erschrecken", meinte Christine Moser entschuldigend. Sie saß in eine dicke Jacke eingepackt hinter dem Rezeptionstresen und lächelte Helene an.

Helenes Puls normalisierte sich wieder.

„Brauchen Sie vielleicht eine Schlaftablette?"

„Woher wissen Sie das?", gab Helene ganz perplex zurück. Konnte die Hotelchefin etwa Gedanken lesen?

„Glauben Sie mir, Sie sind nicht die Einzige, die nachts schlecht einschlafen kann."

Sie holte eine Packung Tabletten aus einer Schublade und reichte sie Helene. „Den Rest können Sie mir nachher beim Frühstück wieder zurückgeben."

„Vielen Dank, Frau Moser. Wer kann in dieser Nacht schon schlafen, vielleicht mit Ausnahme von meinem Mann", setzte sie schmunzelnd hinzu, blickte aber gleich wieder erschrocken auf. „Ich wollte nicht, ich meine, es ist alles so fürchterlich, was mit Ihrem Mann passiert ist. Es tut mir wirklich von Herzen leid. Kann ich Ihnen irgendwie helfen?"

„Es ist schon gut, Frau …?"

„Öchsner, Helene Öchsner", ergänzte Helene und hielt Frau Moser die Hand hin.

„Freut mich. Ich fürchte, Sie können gar nichts tun. Genauso wenig wie ich." Sie blickte Helene fragend an. „Aber woher wissen Sie …?"

Helenes Gesicht wurde von einer leichten Röte überzogen.

„Naja, wissen Sie, Herr Moser war nicht da und ich habe auf dem Weg zur Toilette laute Stimmen aus dem Büro gehört und dann war auch noch die Polizei da. Es ist mir wirklich unangenehm. Nicht dass Sie denken, ich lausche."

„Machen Sie sich keine Gedanken, Frau Öchsner", beschwichtigte Christine Moser müde. „Morgen weiß es sowieso jeder. Die Polizei will die Gäste nach möglichen Beobachtungen befragen. Vielleicht hat ja tatsächlich jemand etwas gesehen?"

Helene dachte an den Mann mit den weißen Haaren und überlegte, ob sie der Hotelchefin von ihrem Verdacht erzählen sollte, als plötzlich die Tür aufging und Georg Köhler mit schmutzigen Schuhen und einer Plastiktüte in der Hand die Lobby betrat.

„Georg", rief Helene verdutzt. „Was machst du denn um diese Zeit hier?"

Sie warf einen Blick auf die Uhr. Es war 2:35 Uhr, nicht unbedingt die Zeit, die sich normalerweise für einen Spaziergang um den See eignete.

„Ich konnte nicht einschlafen und musste noch einen wenig an die frische Luft.", antwortete Georg lächelnd. „Aber jetzt bin ich so richtig müde. Kommst du mit hoch, oder wollt ihr beiden noch einen Schlaftrunk nehmen?"

„Nein, ich hatte drei Sex-on-the-Lake und konnte trotzdem nicht schlafen. Jetzt habe ich mir eine Tablette geben lassen. Ich komme gern mit. Gute Nacht, Frau Moser."

„Gute Nacht. Schlafen Sie gut", rief die Hotelchefin den beiden zu.

Dann waren sie weg. Zurück blieben nur die schmutzigen Schuhabdrücke auf dem ansonsten blitzsauberen Fliesenboden.

14

Das quietschende Geräusch eines Schlüssels in einem rostigen Schloss riss Wolfgang Moser aus seinem unruhigen Schlaf. Nach endlosen vergeblichen Hilferufen und gefühlten fünf Kilometern auf allen Vieren hatte er Gewissheit gehabt: Es gab nur diese eine Tür nach draußen und die war fest verschlossen.

Diese ernüchternde Erkenntnis hatte ihn so frustriert, dass er trotz der Kälte auf dem harten Boden eingeschlafen war.

„Na, gut geschlafen?", hörte er eine flüsternde Stimme. Das grelle Licht einer Taschenlampe leuchtete ihm mitten ins Gesicht. Schnell riss er schützend den Arm vor die Augen.

„Was soll das?", stieß er hervor. „Hören Sie auf! Wer sind Sie?"

Mit steifen Gliedern sprang er auf und wollte sich auf den schwarzen Schatten stürzen, den er nur schemenhaft mit schmerzenden Augen wahrnehmen konnte.

„Lass das!", wies ihn die Person streng zurecht. Im Schein der Lampe blitzte eine Pistole auf, die direkt auf ihn gerichtet war.

Er erstarrte.

Ihm wurde flau im Magen, und das nicht nur, weil er inzwischen richtig Hunger hatte. Er wurde bedroht, ohne zu wissen von wem oder warum.

„Setz dich wieder hin!", befahl der Entführer ungnädig.

Wolfgang Moser kapitulierte. Er kauerte sich hilflos auf dem Lehmboden zusammen.

„Ich habe dir ein kleines Frühstück mitgebracht, Wolfgang", flüsterte die Gestalt und leuchtete kurz auf einen Plastikbeutel.

Moser wollte schon nach dem Beutel greifen, als ihn der Unbekannte hinter sich in die Ecke warf.

„Na, na. So ganz ohne Gegenleistung bekommst du hier gar nichts."

„Sagen Sie doch endlich, was Sie von mir wollen. Warum halten Sie mich hier fest?"

„Weil du wahrscheinlich der Einzige bist, der mir zu meinem rechtmäßigen Besitz verhelfen kann", zischte der Mann wütend.

„Besitz? Welcher Besitz? Wer sind Sie?"

„Wenn du mir sagst, wo die verschwundenen Gemälde von Max Parer sind, kannst du noch heute wieder zurück in dein Luxushotel."

„Verschwundene Gemälde?", wiederholte Moser irritiert. „Verraten Sie mir doch endlich, wer Sie sind."

Unvermittelt näherte sich der Mann seinem Gefangenen, sodass dieser seinen unangenehmen Atem riechen konnte.

„Es wird höchste Zeit, dass die Kunstwerke nach all den Jahren in die richtigen Hände kommen, nämlich in meine!"

Er setzte den eiskalten Lauf der Pistole an Mosers Stirn.

„Wo sind sie?"

Wolfgang Moser rann der Schweiß aus allen Poren. Er hatte Angst wie noch nie in seinem Leben. Dieser Wahnsinnige bildete sich ein, es gebe diese ominösen Gemälde wirklich und er, Wolfgang Moser, wisse wo sie sind.

Das war krank!

Er war einem Verrückten ausgeliefert!

Die Pistole auf seiner Stirn fühlte sich an, als brenne sie ein Loch in seinen Kopf. Er wusste nicht, was er tun sollte.

„Denk darüber nach", flüsterte der Entführer nach endlos scheinenden Sekunden. „Sonst wirst du hier unten ver- gammeln - und deine Frau …"

„Lassen Sie Christine aus dem Spiel!", schrie Moser entsetzt.

„Überlasse es ruhig mir, wen ich aus dem Spiel lasse und wen nicht. Ich bestimme die Regeln."

Damit lachte er heiser, verließ den Raum und überließ den völlig verzweifelten Hotelchef seinem Schicksal.

15

Geschafft!
Alles läuft nach Plan.
Erstaunlich, wie leicht es doch ist, sich das Vertrauen eines Menschen zu erschleichen, ihn dorthin zu locken, wo man ihn haben will.
Jetzt sitzt er in diesem feuchten Loch und winselt wie ein Hund.
Angeblich weiß er nichts von den Bildern, aber ich bin sicher, dass seine Erinnerung nach einer gewissen Zeit ohne Wasser und Nahrung zurückkommen wird.
Ich fühle mich großartig!
Alle sind aufgeschreckt, panisch, ängstlich.
Ich habe alles unter Kontrolle.
Ich habe die Macht!
Bald werde ich die Bilder in Händen halten, sie teuer verkaufen und endlich wieder den Lebensstandard genießen können, den ich gewohnt bin und den ich mir hart erarbeitet habe.

Die Investition in diese aufstrebende Firma schien so sicher zu sein, ich sah das große Geld schon vor mir - und dann der Crash!
Alles war weg!
Ich habe mich verspekuliert, auf die falschen Leute gehört, war zu gierig.
Doch das gehört alles bald der Vergangenheit an. Mit dem Erlös der Bilder kann ich mein Konto ausgleichen und wieder so leben wie es mir zusteht. Niemand wird merken, dass ich zwischendurch pleite war.
Ich hole mir nur das zurück, was mir gehört, was man uns damals gestohlen hat.

16

Die Stimmung beim Frühstück war gedrückt. Man hörte nur leises Gemurmel. Der nächtliche Besuch der Polizei hatte sich schnell herumgesprochen und die Vermutung, es bestehe ein Zusammenhang mit dem Verschwinden der Hotelchefs, lag nahe. Alle Gäste und Mitarbeiter waren in Gedanken bei Wolfgang Moser, überlegten, wie es ihm wohl geht und was man tun könnte, um ihm zu helfen.

Am Eingang zum Restaurant hing ein großes Schild mit dem Hinweis, die Polizei wolle im Laufe des Nachmittags alle Gäste befragen. Deshalb dürfe niemand das Hotelgelände verlassen, was trotz der besorgniserregenden Vorkommnisse einige Gäste ärgerte, schließlich wollte man heute einen Ausflug nach Venedig machen, die Gletschermumie Ötzi in Bozen besichtigen oder mit der Mendelbahn fahren.

Doch es half nichts.

Über die Anordnung der Polizei durfte sich niemand hinwegsetzen.

Auch in der gemütlichen Max-Parer-Stube saßen alle schweigend über ihr Frühstück gebeugt, als sich Bernd und Heike Hofmann mit gut gefüllten Tellern an ihrem Tisch niederließen.

„Guten Morgen", grüßte Heike zum Nachbartisch hinüber. „Stimmt es, was wir eben gehört haben? Herr Moser ist verschwunden?"

„Ich fürchte, ja", stimmte Irmgard Köhler bedrückt zu. „Die Polizei war gestern Nacht noch hier. Wir sollen heute alle befragt werden."

„Sie haben gestern schon mit der Polizei gesprochen? Wann war das? Hat man denn schon einen Verdacht, was mit Herrn Moser passiert sein könnte?", fragte Heike aufgeregt.

Irmgard zuckte mit den Schultern.

„Nein, wir wissen gar nichts. Es sind nur Gerüchte im Umlauf. Ich denke, wir werden im Lauf des Vormittags mehr erfahren."

„Gerüchte?" Jetzt war Heikes Neugier geweckt. „Was für Gerüchte?"

„Helene hat da etwas gehört", berichtete Irmgard mit gesenkter Stimme.

„Ja, aber das will ich nicht an die große Glocke hängen", wich Helene aus. „Es ist doch noch gar nicht offiziell bestätigt."

„Was ist denn passiert?" Heike starrte Helene mit weit aufgerissenen Augen an.

Helene gab nach.

„Es ist von einer Entführung die Rede", raunte sie. Sie wollte mit ihrer Information kein Aufsehen erregen.

„Entführung?", rief Heike entsetzt. Nun mischte sich auch Bernd in das Gespräch ein. „Sind Sie sicher? Hat die Polizei schon etwas erwähnt?"

„Nein, ich sagte doch gerade, dass ich noch nicht mit der Polizei gesprochen habe. Ich habe lediglich gestern Abend zufällig auf dem Weg zur Toilette einige Gesprächsfetzen aus dem Büro aufgeschnappt, mehr nicht."

Sie fühlte sich zunehmend unwohl in ihrer Haut, setzte sie doch Gerüchte in die Welt, die womöglich gar nicht stimmten.

„Bitte erwähnen Sie nachher der Polizei gegenüber nichts davon", bat sie. „Ich möchte nicht, dass …"

„Mach dir keine Sorgen", beschwichtigte Irmgard. „Wir hören uns an, was die Polizisten zu sagen haben, dann sehen wir weiter."

„Guten Morgen, meine Damen und Herren!" Die kräftige Stimme eines jungen, schlanken Mannes auf dessen schwarzen Haaren eine dunkle Sonnenbrille thronte, ließ alle Gespräche verstummen. „Mein Name ist Commissario Roberto Pagani von der Kriminalpolizei Bozen", fuhr er in gebrochenem Deutsch fort. „Wie Sie vermutlich bereits erfahren haben, wurde der Chef des Hauses, Herr Wolfgang

Moser, vergangene Nacht entführt. Um das ..."

Lautes Kreischen unterbrach die Ansprache Paganis, der erhebliche Mühe hatte, sich erneut Gehör zu verschaffen.

„Meine Damen und Herren!", brüllte er mühsam gegen vielstimmiges Stimmengewirr an. „Bitte hören Sie mir zu!"

Langsam sank der Geräuschpegel und Pagani konnte den nächsten Anlauf starten.

„Wir sind auf Ihre Mithilfe angewiesen und würden gern mit jedem Einzelnen von Ihnen sprechen. Bitte bleiben Sie hier im Hotel. Wir sagen Ihnen Bescheid, wann Sie gehen können. Vielen Dank für Ihr Verständnis."

17

Inzwischen war es später Vormittag, die Mehrzahl der Gäste war bereits gegangen, die Übrigen warteten ungeduldig darauf, aufgerufen zu werden. Trotz der freundlichen Betreuung von Ricardo und Miriam, einer jungen Servicekraft mit auffälligen Rastalocken, war die Stimmung bei den Gästen sehr angespannt.

Auch Hartmut, Helene und das Ehepaar Köhler warteten ungeduldig darauf, ihre Aussage machen zu können. So schön das Hotel auch war, man hatte schließlich noch etwas anderes vor als Stunde um Stunde im Restaurant zu sitzen und zu beobachten, wie der wunderschöne Spätsommertag vor den Fenstern vorbeizog.

„Der Commissario kommt mir irgendwie bekannt vor", meinte Hartmut unvermittelt.

Die Köpfe fuhren herum.

„Du kennst den Kommissar?" Irmgard Köhler fiel vor Überraschung beinahe die Zeitschrift aus der Hand. „Woher kennst du einen italienischen Kommissar?"

Hartmut zuckte mit den Schultern. „Vielleicht täusche ich mich auch, aber ich bilde mir ein, er hat auch damals auf Levantino ermittelt. Das ist zwar schon eine Weile her, aber ich bin mir fast sicher, dass er es war."

„Levantino?", bemerkte Georg Köhler erstaunt. „Ist das nicht diese kleine Insel vor den Cinque Terre? Was hattest du denn dort mit der Polizei zu schaffen?"

„Ein Freund von mir hat dort ein Ferienhaus, an dem immer wieder mal etwas gebaut werden muss. Als wir vor einigen Jahren dort waren, lag auf einem Nachbargrundstück ein Toter."

„Ein Toter?" entfuhr es Irmgard entsetzt, doch noch bevor Hartmut die Ereignisse auf der Insel näher erläutern konnte, betrat erneut eine junge Beamtin den Frühstücksraum.

„Das Ehepaar Öchsner, bitte", rief sie mit selbstbewusster Stimme.

„Endlich sind wir dran", seufzte Helene erleichtert und erhob sich. „Ihr kommt sicher als nächstes", setzte sie zuversichtlich hinzu, atmete tief durch und ging auf die freundliche Polizistin zu.

„Guten Tag, mein Name ist Sabine Schmalgruber", stellte sich die junge Frau vor. „Bitte kommen Sie."

Sabine Schmalgruber führte Hartmut und Helene in den sogenannten Roten Speisesaal.

Commissario Roberto Pagani war gestresst.

Seine Lederjacke hing schon lange über der Stuhllehne, unter seinen Achseln hatten sich bereits ansehnliche Schweißränder gebildet. Selbst die eine oder andere Strähne hatte sich aus dem sorgsam frisierten Haar gelöst und hing achtlos in die feuchte Stirn. Er fühlte sich äußerst unwohl – und das war ihm deutlich anzusehen. Die fruchtlosen Gespräche mit all den verschüchterten, vornehmlich älteren und weitgehend deutschsprachigen Gästen verlangten dem ungeduldigen Commissario alles ab.

Keiner hatte etwas gesehen oder gehört, niemandem war etwas aufgefallen, was Licht in den Fall bringen könnte, von dem man noch gar nicht wusste, ob es überhaupt ein Fall war. Womöglich hatte sich der Hotelchef nach Venedig abgesetzt und nahm sich eine kleine Auszeit, die er sich sicher verdient hatte.

Aber würde er seine Frau und die Mitarbeiter mit Absicht diesen Ängsten und Sorgen aussetzen?

Wahrscheinlich nicht.

Die Kollegen hatten eine Fangschaltung an der Telefonanlage installiert, doch der angebliche Entführer hatte sich seit dem vergangenen Abend nicht mehr gemeldet.

Es stellte sich die Frage, ob es ihn überhaupt gab.

Er hatte behauptet, ein nichtehelicher Sohn des Malers zu sein. War überhaupt ein solcher Nachkomme bekannt? Vermutlich nicht, denn sonst wäre es ein Leichtes, ihn festzunehmen.

„Frau Schmalgruber", meinte er als seine Kollegin mit den

nächsten potentiellen Zeugen den Raum betrat. „Versuchen Sie doch bitte in Erfahrung zu bringen, ob etwas über nicheheliche Kinder von Parer bekannt ist."

„Gern, Commissario. Das ist das Ehepaar Öchsner", stellte sie noch Hartmut und Helene vor, bevor sie die Tür wieder hinter sich schloss.

„Öchsner?", murmelte Pagani halblaut vor sich hin und starrte Hartmut an. Irgendwie kam ihm dieser Mann bekannt vor. Auch den Namen hatte er schon einmal gehört.

„Kennen wir uns?"

„Wir haben uns vor einigen Jahren auf Levantino kennengelernt, erinnern Sie sich?", half ihm Hartmut auf die Sprünge.

Commissario Paganis Miene gefror. Dieser Öchsner war einer von drei Rentnern, die damals unfreiwillig in einen Fall verwickelt gewesen waren. Commissario Pagani hatte sich bei den Ermittlungen nicht gerade mit Ruhm bekleckert und wollte keinesfalls daran erinnert werden. Dieser Fall war auch einer der Gründe gewesen, warum er hierher nach Südtirol versetzt worden war.

Er kniff verbissen die Lippen zusammen.

„Das ist lange her. Kommen wir zur Sache."

18

Wolfgang Moser schlug die Augen auf.

Es war dunkel, stockdunkel.

Seine vage Hoffnung, er habe diese ganzen fürchterlichen Ereignisse nur geträumt, löste sich schnell in Luft auf. Er war allein in einem finsteren, feuchten Raum in der Gewalt eines kaltschnäuzigen Verbrechers, der eine Information erpressen wollte, die der Hotelchef einfach nicht geben konnte. Er wusste nicht, wo die verschwundenen Parer-Gemälde waren. Er wusste nicht einmal, ob es sie überhaupt gab.

Im Nachhinein bereute er es, immer wieder vor seinen Gästen flapsige Bemerkungen diesbezüglich gemacht zu haben, aber er konnte doch nicht ahnen, dass jemand wirklich annehmen würde, er kenne das Versteck der Bilder.

Das war absurd!

Und jetzt war er diesem Verrückten ausgeliefert.

Doch er durfte nicht aufgeben.

Mit viel Mühe mobilisierte er alle Kräfte, die er noch hatte und versuchte, langsam aufzustehen, doch die Knie gaben sofort wieder nach.

Ihm war schwindelig. Das karge Mahl, das ihm der Entführer doch dagelassen hatte, war schnell verzehrt gewesen. Wolfgang Moser hatte Hunger. Außerdem hätte er sich eine richtige Toilette gewünscht und nicht diesen ekelhaften Eimer, den er in seiner Not benutzen musste.

Das war erniedrigend.

Inzwischen erwachte neben all der Schwäche und Verzweiflung auch Wut in seinem Innersten. Wer tat ihm so etwas an? Wie kam dieser Mann nur auf die absurde Idee mit den Bildern?

Wie ging es wohl Christine? Sie war sicherlich ganz krank

vor Sorge um ihn. Es machte ihn rasend, hier sitzen zu müssen und nichts zur Verbesserung seiner Situation unternehmen zu können.

Er musste endlich herausbekommen, wo er hier war. Es musste der Keller des Schlösschens sein! Er hatte nie von der Existenz eines Kellers gehört, aber vielleicht gab es ja in der Nähe des Gebäudes einen Raum, der damals zur Kühlung und Lagerung der Lebensmittel gedient hatte.

Mosers Lebensgeister erwachten, und er beschloss, den ganzen Raum noch einmal sorgfältig mit den Händen abzutasten.

Möglicherweise hatte er ja in seiner ersten Verzweiflung etwas Entscheidendes übersehen.

19

Commissario Roberto Pagani stapfte missmutig über den Steg in Richtung Schlösschen.

Sein Schädel brummte, er konnte nicht mehr klar denken. Es wären noch zehn Gäste zu befragen gewesen, doch er konnte nicht mehr. Er hatte sich selbst eine Mittagspause verordnet und die verbliebenen Leute auf den Nachmittag vertröstet.

Die heiße Mittagssonne brannte ihm auf den Kopf, er schwitzte und war schlecht gelaunt. Zu seinem Leidwesen hatte er keine wirklich verwertbaren Hinweise bekommen, nur vage Andeutungen. Und dann war da auch noch dieser Öchsner, den er im Zusammenhang mit einem komplizierten Fall kennengelernt hatte. Er war froh, all die Jahre nicht mehr daran erinnert worden zu sein.

Öchsners Frau schien allerdings über eine außergewöhnliche Beobachtungsgabe zu verfügen. Sie hatte ihm Ereignisse geschildert, die es durchaus wert waren, genauer betrachtet zu werden. Es ging vor allem um einen Herrn Völkl, einen älteren Herrn mit bemerkenswertem Aussehen. Er war groß und kräftig, hatte schneeweißes Haar und ein beachtliches blau-grün gefärbtes Auge, das ihn nahezu furchterregend aussehen ließ. Pagani musste zugeben, dass er Helene Öchsner gut verstehen konnte, wenn sie sagte, dass ihr dieser Mann einigermaßen unheimlich war. Aber ein auffälliges Äußeres allein reichte nun mal nicht aus, um jemanden eines Verbrechens zu bezichtigen.

Das Gespräch mit Herrn Völkl war mühsam und schleppend verlaufen. Jede noch so banale Information hatte man ihm aus der Nase ziehen müssen. Offenbar war er ein Kunsthändler, der sich für die Werke Parers interessierte. Für die offiziell bekannten Werke, wie er betonte. Angeblich hatte er in Kunstkreisen auch schon etwas von dem Gerücht gehört, es gebe wertvolle Bilder, die verschwunden sind. Völkl hatte versprochen, bis zum Nachmittag weitere Informationen zu beschaffen.

Pagani erreichte keuchend die Stelle, an der der Weg zum Schlösschen abzweigte. Der Zugang zu dem verlassenen Gebäude war feucht und schlammig. Etliche Fußabdrücke waren tief in den Matsch eingegraben. Quer über den Weg war ein rot-weißes Flatterband gespannt und ein Schild angebracht:

Betreten verboten, Einsturzgefahr

Pagani wunderte sich. Davon, dass das Schlösschen gesperrt war, hatte ihm niemand etwas gesagt.
Er überlegte, ob er seinen frisch geputzten, sündhaft teuren Cowboystiefeln einen Gang durch den Schmutz zumuten konnte. Was sollte schon in dem unwirtlichen Gemäuer zu finden sein? Einen Keller, in dem sich ein Hotelchef einsperren ließ, gab es bei dem sumpfigen Gelände sicherlich keinen, also auf welche Art Hinweise könnte man hier überhaupt stoßen?
Auf die verschwundenen Gemälde?
Das wäre doch wirklich zu einfach. Pagani war sich sicher, dass der oder die Täter als erstes hier nach den Bildern gesucht haben dürften.
Gerade als er sich dafür entschieden hatte, das Schlösschen Schlösschen sein zu lassen, schoss ihm ein beunruhigender Gedanke durch den Kopf.

Sein Versetzungsgesuch!

Er schrieb jedes halbe Jahr ein Gesuch, nach Neapel oder Sizilien versetzt zu werden, weg aus dieser langweiligen Provinz. Seine Vorgesetzten hatten ihm ans Herz gelegt, sich keinesfalls zu irgendwelchen Aufsässigkeiten oder Nachlässigkeiten hinreißen zu lassen, sonst würde er bis zur Pensionierung von diesen erdrückenden Bergen umgeben sein.

Roberto Pagani fasste sich ein Herz, verabschiedete sich innerlich von seinen sauberen Stiefeln und bückte sich unter dem Absperrband hindurch.

Der Morast gluckste unter seinen Absätzen und schob sich besorgniserregend schnell in jede Naht, über jedes bislang so glänzende Detail hinweg bis über die Knöchel nach oben. Pagani stieß einen lauten Fluch aus während er konzentriert durch den glitschigen Schlamm watete wie ein Storch durch den Salat. Er musste all seine fünf Sinne beieinander haben, um nicht auch noch auszurutschen und der Länge nach im Dreck zu landen. Mit Schaudern dachte er daran, die bevorstehende nachmittägliche Befragung dann in der verhassten Uniform durchführen zu müssen, die noch original verpackt im Kofferraum seines Autos darauf wartete, endlich getragen zu werden.

Langsam umrundete er das Gebäude, spähte durch alle Fenster, rüttelte an der - natürlich - verschlossenen Tür. Das rostige Schloss sah nicht so aus, als sei es vor kurzem einmal geöffnet worden. Fußspuren gab es überall. Pagani vermutete, dass sich nicht alle Wanderer von dem Absperrband abhalten ließen und das interessante Schlösschen trotz Verbot in Augenschein nahmen, vor allem weil es alles andere als einsturzgefährdet wirkte.

Was sollte er jetzt tun?

Schnell schlug die Ratlosigkeit in Ärger um. Er hätte sich doch denken können, dass die Tür versperrt war. Ohne Schlüssel oder geeignetes Werkzeug kam man ohnehin nicht hinein. Brauchte er wohl für ein verlassenes Haus auch einen Durchsuchungsbeschluss? Und wem sollte er diesen dann vorlegen? Er wusste nicht, wem das Schlösschen gehörte und ob es Erben gab.

Wieder fluchte Pagani lauthals und stapfte wütend zurück auf den trockenen Wanderweg.

„Guten Tag, Commissario", grüßte ihn ein älterer Herr in Gummistiefeln. Er trug einen altmodischen Hut auf dem Kopf, eine Kamera um den Hals und einen prall gefüllten Rucksack auf dem Rücken.

„Wie ich sehe, haben Sie das berühmte Parer-Schlössl besichtigt?"

Er deutete amüsiert auf Paganis dreckverschmierte Stiefel und versuchte gar nicht erst, sich das Lachen zu verkneifen. „Bitte entschuldigen Sie, aber mir ist es vor kurzem auch so ergangen. Köhler ist mein Name, Georg Köhler. Meine Frau und ich haben am Vormittag im Hotel unsere Aussage gemacht." Freundlich lächelnd hielt er dem Polizisten die Hand hin. „Es ist wirklich bedauerlich, was mit Herrn Moser passiert ist."

„Was machen Sie hier?", fragte Pagani und versuchte nach Kräften, sich seinen Zorn nicht anmerken zu lassen. „Das Gebäude ist einsturzgefährdet."

„Ach", winkte Georg Köhler ab. „Von so einem Band lassen wir uns doch nicht abhalten, was?" Damit ließ er Pagani stehen und stakste auf das Schlösschen zu. „Vielleicht sehen wir uns nachher noch im Gartenhotel?", rief er ihm noch zu, bevor er hinter dem Gebäude verschwand.

Völlig perplex sah der Commissario dem Mann hinterher, als ihm plötzlich ein Verdacht kam.

Was hatte dieser Köhler hier zu schaffen? Hatte er möglicherweise einen Schlüssel zu dem alten Gebäude? Wenn ja, woher hatte er ihn und was genau hatte er hier vor? Vielleicht war er der Entführer, der seinem Opfer Verpflegung brachte, denn was sonst sollte sich in dem vollen Rucksack befinden?

Pagani zögerte keine Sekunde, ließ alle Vorsicht außer Acht und sprintete los. Der Schlamm spritzte ihm um die Ohren, landete in seinen Haaren, auf dem Hemd und der Hose. Beinahe wäre er ausgerutscht, konnte sich aber im letzten Moment doch noch schwankend auf den Beinen halten.

Er bog um die Ecke und sah, wie Georg Köhler seine Kamera auf die Tür des Gebäudes richtete.

„Herr Kommissar!", rief er erstaunt aus, „Was machen Sie denn da?"

„Haben Sie einen Schlüssel zu dem Haus?", fragte Pagani streng.

„Einen Schlüssel?", wiederholte Georg Köhler belustigt. „Woher sollte ich denn einen Schlüssel haben? Ich weiß ja nicht einmal, wem das Gebäude gehört."

„Und warum machen Sie dann Fotos davon?", fuhr ihn Pagani schärfer an als beabsichtigt.

Jetzt gefror Georg Köhler das Lächeln auf den Lippen. Womöglich hatte er sich strafbar gemacht. Hätte er um Erlaubnis fragen müssen? Aber wen?

„Mir gefällt das alte Gemäuer. Ich bin Hobbyfotograf und immer auf der Suche nach interessanten Motiven", erklärte er nervös.

„Was haben Sie in dem Rucksack!", setzte Pagani nach, der sich auf die Idee eingeschossen hatte, Köhler könne der gesuchte Entführer sein.

Mit fragendem Gesicht setzte Georg Köhler den Rucksack ab, öffnete ihn und packte allerlei Verpflegung aus: Obst, belegte Brötchen, Wasser und Schokoriegel, genug für einen ganzen Tagesausflug - oder für die Versorgung eines Gefangenen.

„Was tun Sie damit?"

Jetzt war Georg Köhler vollends verunsichert.

„Wwwas ich damit, …", stotterte er, „was soll ich denn damit tun?"

Pagani fixierte den Mann mit stechendem Blick. „Sagen Sie es mir."

„Ich esse es", war die pragmatische Antwort Köhlers.

„Sie haben doch im Hotel schon genug gegessen. Wofür brauchen Sie so viel Brotzeit nur für die paar Minuten, in denen Sie hier die Fotos machen?"

Georg Köhler brach der Schweiß aus allen Poren. Noch nie in seinem Leben hatte er sich bezüglich seiner Brotzeit rechtfertigen müssen.

„Ich liebe es einfach, meinen Rucksack zu packen, mich irgendwo in die Natur zu setzen und zu vespern. Lieber lasse ich im Hotel eine Mahlzeit aus, bevor ich auf mein Picknick verzichte", erklärte er verlegen. „Möchten Sie einen Apfel?"

„Nein!", entfuhr es Pagani. „Ich möchte keinen Apfel. Wir sehen uns später im Hotel. Guten Tag."

Wütend und genervt marschierte der Commissario zurück auf den Wanderweg. Frustriert blickte er an sich herab. Dicke Dreckklumpen klebten an seiner Kleidung und in seinem Haar. So konnte er sich unmöglich im Hotel blicken lassen. Er musste versuchen, den Schmutz unauffällig loszuwerden.

Da fiel ihm der Schlüssel ein, den ihm Frau Moser in die Hand gedrückt hatte. Er passte zu einem hoteleigenen Zugang zum großen Montiggler See, einer neu angelegten Badestelle, die vom Weg aus nicht einsehbar war.

Die Stelle würde sich sehr gut dazu eignen, unauffällig den gröbsten Dreck zu entfernen. Zügig steuerte Pagani das kleine Häuschen an, sperrte das Tor auf und erreichte die geschmackvoll gefliese Anlegestelle. Verstohlen blickte er sich um, bevor er sich seiner Stiefel entledigte, sein Hemd und die Hose auszog und sich daran machte, die Schmutzränder zu entfernen.

Keuchend kniete er in T-Shirt, Unterhose und Socken am Rand der Plattform, dicht über das dunkle, mit undurch-dringlichen Wasserpflanzen bewachsene Wasser gebeugt.

Mühsam träufelte er mit der Hand Wasser auf den Schaft des Stiefels, weichte die inzwischen getrocknete Erde ein und versuchte, alles abzuwaschen so gut es ging.

Da entdeckte er tief unten im Wasser, zwischen den Blättern etwas Glänzendes. Er stutzte, beugte sich noch dichter über die Wasseroberfläche, bis er mit der Nase beinahe das Wasser berührte. Da lagen tatsächlich mehrere längliche Dinge auf dem Grund des Sees. Was war das? So sehr er sich auch bemühte, er konnte nicht erkennen, worum es sich handelte.

Plötzlich bekam er einen leichten Stoß in sein Hinterteil und stürzte kopfüber in den See. Prustend tauchte er kurz darauf wieder auf, rieb sich das Wasser aus den Augen und suchte den Steg nach demjenigen ab, der sich diesen ärgerlichen Scherz erlaubt hatte, doch der Steg lag einsam in der heißen Sonne.

„Hallo!", rief er zornig. „Ist da jemand? Was soll das? Kommen Sie raus!"

Doch wie er auch schrie, es zeigte sich niemand. Laut schimpfend und fluchend kletterte der Commissario wieder an Land und setzte sich tropfnass an den Rand des Stegs.

Sein T-Shirt klebte ebenso an seinem Körper wie die Boxershorts und die Socken. Immer noch schimpfend zog er die Sachen aus und legte sie zum Trocknen in die Sonne. Lediglich die Unterhose behielt er an, falls diese Badestelle doch nicht so einsam war wie er gedacht hatte.

Wieder fiel sein Blick auf die glänzenden Gegenstände am Grund des Sees. Kurzentschlossen sprang er erneut ins Wasser. Jetzt, wo er nun schon einmal nass war, konnte er auch diesem Rätsel auf die Spur kommen.

Glitschige Pflanzen streiften seinen nackten Körper, während er versuchte, sich im grünen Dickicht zum Grund vorzuarbeiten. Das Wasser wurde spürbar kühler, die Pflanzen schienen nach ihm greifen zu wollen. Kurz bevor er in Panik verfallen konnte, hatte er sein Ziel erreicht, griff nach einem der glänzenden Dinger und schwamm so schnell er konnte wieder nach oben.

Es war eine schlanke Flasche ohne Etikett, gefüllt mit einer durchsichtigen Flüssigkeit.

Was waren das für Flaschen? Ein Blick in die Tiefe verriet ihm, dass dort unten noch eine Vielzahl weiterer Flaschen versenkt war. Er hätte zu gern gewusst, was das für eine Flüssigkeit war und warum sie jemand auf dem Grund eines Sees versteckte.

Doch zunächst musste er sich darum kümmern, mit einigermaßen sauberer und trockener Kleidung zurück ins Hotel zu kommen. In 20 Minuten sollten die Befragungen fortgesetzt werden. Seufzend kniete er sich wieder hin und setzte die Reinigungsaktion fort.

20

Im Gartenhotel wurde der nachmittägliche Imbiss aufgetragen. Es gab Meeresfrüchtesalat mit Ciabatta und verschiedene kleine Kuchenstücke im Angebot. Nach den nervenaufreibenden Befragungen hatten es viele Gäste vorgezogen, den Tag auf dem Hotelgelände zu verbringen. Immerhin lud ein traumhafter Pool mit vielen bequemen Liegen unter Sonnenschirmen zum Relaxen ein.

Warum in die Ferne schweifen, wenn das Gute liegt so nah? Irmgard Köhler hatte bereits ein ausgiebiges Sonnenbad hinter sich und freute sich jetzt richtig auf den Imbiss.

„Das sieht ja mal wieder lecker aus!", rief sie begeistert aus und häufte sich eine ansehnliche Portion Salat auf ihren Teller. „Finden Sie nicht auch?", fragte sie eine Dame mit auffallend rot geschminkten Lippen, die sich hinter ihr angestellt hatte.

„Eigentlich ist mir ja der Appetit vergangen, aber dieser Salat ist einfach unwiderstehlich", gab die Frau ähnlich enthusiastisch zurück. „Wissen Sie, das Verschwinden von Wolfgang macht uns allen große Sorgen. Vor allem Frau Moser, Wolfgangs Mutter. Sie hat früher sehr hart in der Landwirtschaft mitgearbeitet und den Hotelbetrieb mit aufgebaut", erläuterte sie weiter und zeigte auf eine ältere Dame, die mit Iris an der Rezeption sprach.

Irmgard war ehrlich betroffen. Sie hatte selbst Kinder und konnte gut mitfühlen, wie es einer Mutter in einer solchen Situation gehen musste.

„Bitte entschuldigen Sie, ich habe mich gar nicht vorgestellt. Ich bin die Marlies von der Tennisbar, und Sie sind …?"

„Irmgard Köhler." Die beiden Damen schüttelten sich die Hand. „Ich komme aus Deutschland und bin wirklich erschüttert über die Vorkommnisse hier im Hotel."

„Es ist entsetzlich", schniefte Marlies mit tränennassen Augen. „Wolfgang ist ein herzensguter Mensch, der keiner Fliege etwas zuleide tun kann. Ich bin mit ihm zur Schule gegangen und kenne ihn von klein auf. Warum tut man ihm so etwas an?"

„Die Polizei war den ganzen Vormittag im Haus und hat die Gäste befragt", berichtete Irmgard. „Am Nachmittag soll es weitergehen."

„Waren Sie schon dran?"

Marlies lief ein Schauer über den Rücken. Sie hatte schon viel erlebt, aber ein Verhör bei der Polizei konnte sie bisher noch nicht vorweisen.

„Ja, heute Vormittag. Und Sie? Müssen Sie auch eine Aussage machen?"

„Ja, stellen Sie sich vor, die Polizei hat mich quasi hierher vorgeladen", berichtete Marlies und riss dabei ihre Augen weit auf. Es war offensichtlich, dass sie angesichts der bevorstehenden Befragung sehr aufgeregt war.

„Warum will die Polizei denn mit Ihnen sprechen? Sie wohnen doch gar nicht im Hotel?"

„Das nicht, aber ich bin …, ich meine, wie soll ich das sagen …", stotterte Marlies gespielt verlegen und senkte die Stimme.

„Marlies ist sozusagen unsere Tratschtante", ergänzte Frau Waldthaler Moser nüchtern den Satz. „Sie weiß immer über Alles und Jeden Bescheid, kennt alle Geheimnisse und Ereignisse - manchmal noch bevor sie eigentlich passiert sind."

Eine leichte Röte überzog Marlies' Gesicht.

„So deutlich hättest du es auch nicht zu sagen brauchen", versuchte sie sich zu verteidigen. „Ich interessiere mich nun mal für meine Mitmenschen."

Irmgard lächelte und war froh, dass ihr Mann bei diesem Gespräch nicht dabei war, bezeichnete er sie doch auch immer als Tratschtante.

„Wie auch immer. Ich denke, jeder Hinweis kann wichtig sein. Wollen Sie sich nicht zu uns in den Garten setzen, bis der Commissario wieder zurück ist?"

„Das sind Marlies von der Tennisbar, eine ehemalige Schulkameradin von Herrn Moser und seine Mutter, Frau Moser", stellte Irmgard die beiden Damen dem Ehepaar Öchsner vor.

„Frau Gisella Waldthaler Moser", ergänzte die ältere Dame.

„Hartmut und Helene Öchsner, sehr erfreut", antwortete Hartmut und rückte einen Stuhl zurecht.

„Es tut mir sehr leid, was gestern geschehen ist."

„Es musste ja eines Tages so etwas passieren", behauptete Frau Moser ärgerlich. „Dieser Max Parer verfolgt uns noch weit über seinen Tod hinaus. Ich habe Wolfgang schon immer gesagt, er soll die Finger von diesen unglückseligen Gemälden lassen. Es gibt überall Neider."

„Gibt es diese Bilder wirklich?", fragte Helene ungläubig.

„Ach!" Frau Moser machte eine wegwerfende Handbewegung. „Was die Leute immer so reden. Irgendjemand macht eine unüberlegte Bemerkung, schon ist das Gerücht im Umlauf, es gebe mysteriöse, wertvolle Kunstwerke von Parer. Kein Mensch weiß, ob es sie wirklich gibt, oder nicht."

„Dann wurde Herr Moser möglicherweise nur wegen eines Gerüchtes entführt?", rief Irmgard fassungslos.

„Das kann ich mir nicht vorstellen", gab Hartmut beruhigend zurück. „Die Polizei hat die ganze Angelegenheit sicher im Griff. Wir müssen uns keine Sorgen machen. Mich würde aber trotzdem interessieren, was es mit diesen Bildern auf sich hat."

„Sie können sich gar nicht vorstellen, was so geredet wird in einem so kleinen Dorf wie Montiggl. Wir haben nur 99 Einwohner, da kennt man sich und weiß alles voneinander - oft sogar noch mehr als derjenige selbst."

„100 Einwohner, Frau Moser", bemerkte Miriam mit den Rastalocken, die in diesem Moment an den Tisch getreten war, um die Bestellung für die Getränke aufzunehmen. „Ich bin seit Neuestem die 100. Einwohnerin Montiggls."

Frau Moser lächelte. „Offensichtlich weiß ich doch nicht alles."

Es war trotz der tragischen Umstände eine anregende Unterhaltung im Garten des Hotels. Jeder und Jede äußerte seine Vermutungen, stellte Hypothesen in den Raum, berichtete von Beobachtungen. Alles könnte wichtig sein.

Auch Heike Hofmann stieß zu der illustren Gesellschaft. Ihr Mann sei im Fitnessraum, meinte sie und setzte sich dazu.

„Bitte entschuldigt mich einen Augenblick", bat Helene. „Ich bin gleich wieder zurück."

Mit steifen Gliedern machte sie sich auf den Weg zur Toilette. In der Lobby begegnete sie dem Mann mit den weißen Haaren, dessen Namen sie noch immer nicht kannte. Er saß konzentriert vor dem Computer, der allen Gästen zur Verfügung stand.

Helene wollte unbemerkt vorbeigehen - der Mann war ihr nach wie vor noch unheimlich - doch er erhob sich und folgte ihr. Beunruhigt beschleunigte sie den Schritt, bog vor dem Tresen nach links ab und nahm anschließend die Treppe hinunter in den Keller, wo sich die Toiletten befanden.

Der Mann folgte ihr noch immer.

Mit klopfendem Herzen hatte sie noch die Hoffnung, er wolle sich die Modelle der geplanten Zimmer des Neubaus ansehen, die im Gang neben der Umkleidekabine ausgestellt waren, doch er blieb ihr weiter auf den Fersen.

Gleich würde sie die rettende Damentoilette erreicht haben, als er ihr seine mächtige Hand auf die Schulter legte.

„Frau Öchsner", brummte er. „Kann ich Sie einen Augenblick sprechen?"

Helene schlug das Herz bis zum Hals. Hektisch suchte sie nach einer Fluchtmöglichkeit, doch der Zugang zu den Toiletten war eine Sackgasse.

Sie war gefangen!

„Bitte entschuldigen Sie, ich wollte Sie nicht erschrecken", fuhr der Mann fort. Sein Auge leuchtete in sattem Lila. „Sie interessieren sich doch auch für die tragischen Ereignisse im Zusammenhang mit Herrn Mosers Entführung, oder?"

Helene hatte einen Kloß im Hals und war nicht in der Lage zu antworten.

Sie nickte.

„Mein Name ist Völkl, Hans Völkl."

Er trat einen Schritt zurück.

„Ich bin Kunstsammler aus Innsbruck und habe großes

Interesse am Werk Max Parers. Sie brauchen keine Angst vor mir zu haben, nur weil ich mit einem blauen Auge herumlaufen muss."

Er grinste.

„Ich war vor einigen Tagen in einem Lokal in Bozen. Die Toiletten liegen im Keller und sind nur über eine steile Treppe zu erreichen. Leider bin ich über die letzte Stufe gestolpert und habe mir dabei das Auge angeschlagen. Das ist die ganze Geschichte. Ich bin weder ein Entführer, noch ein anderweitig Krimineller, sondern lediglich ein ungeschickter Gast aus Österreich."

Helene entspannte sich langsam. Sie war zwar noch nicht final von der Unschuld des Mannes überzeugt, schließlich konnte er viel erzählen, aber alles, was er berichtet hatte, klang schlüssig. Auch Frau Waldthaler Moser hatte den Herrn vorhin erwähnt. Er sei ein Stammgast, der mindestens zweimal im Jahr nach Montiggl komme.

„Woher kennen Sie meinen Namen?", stammelte sie.

Völkl grinste wieder. „Ich habe mich nach Ihnen erkundigt, schließlich habe ich bemerkt, dass Sie mich im Visier haben."

Jetzt musste auch Helene lachen. Man sollte sich wirklich nicht aufgrund von Äußerlichkeiten sein Urteil über jemanden bilden.

„Es tut mir leid, wenn ich Ihnen Unannehmlichkeiten bereitet habe, aber ich war bereits in der Vergangenheit in einen Kriminalfall verwickelt. Vielleicht sehe ich seitdem Gespenster."

„Machen Sie nur weiter so, das kann nie schaden", meinte Völkl schmunzelnd. „Ich habe etwas im Internet recherchiert und bin auf erstaunliche Informationen gestoßen."

Wieder klopfte Helenes Herz schneller – diesmal allerdings vor Aufregung.

„Dieses Internet ist für mich ein Buch mit sieben Siegeln", gab sie zu. „Wie man da überhaupt etwas finden kann, ist mir ein Rätsel."

„Das ging mir anfangs auch so, doch in meinem Beruf ist es inzwischen zu einem unverzichtbaren Medium geworden. Ich dachte mir, ich zeige erst Ihnen, was ich gefunden habe, bevor ich damit zur Polizei gehe."

Die beiden zogen sich in den Wickelraum zurück, der neben der Damentoilette lag und schlossen die Tür.

„Sehen Sie sich das an. Denken Sie, das könnte der Täter sein?"

Hans Völkl zeigte Helene ein Schreiben, dessen Inhalt Helenes Blut in den Adern gefrieren ließ.

„Das kann doch nicht sein!", stieß sie schockiert hervor.

21

Commissario Pagani trat am frühen Nachmittag den Rückweg ins Hotel an. Seine Laune war auf dem Nullpunkt. Die Stiefel hatten trotz intensiver Bemühungen weiterhin hässliche Flecken, ebenso wie die Hose und das Hemd. Die Haare waren nach dem unfreiwilligen Bad im See luftgetrocknet und kringelten sich fröhlich um sein rotgebranntes Gesicht. Boxershorts, T-Shirt und Socken waren noch feucht und klebten unangenehm am Körper. Er fühlte sich so unwohl, dass er ernsthaft in Erwägung zog, die ganze Befragung abzubrechen und sich zuhause wieder zu kultivieren. Da er allerdings wusste, dass diese Prozedur mit An- und Abfahrt mindestens zwei Stunden in Anspruch nehmen würde, entschied er sich widerwillig dafür, die Blicke der Hotelgäste und des Personals auf sich zu nehmen und doch noch mit den restlichen Leuten zu sprechen.

Er sollte sich wirklich angewöhnen, neben seiner Uniform auch einen Satz Wechselkleidung im Kofferraum zu haben, falls er wieder einmal in eine solch prekäre Situation geraten sollte.

Wer hatte ihn nur in den See gestoßen – und warum? Eigentlich konnte es doch nur der Täter gewesen sein.

Köhler! Dieser komische Kauz, der trotz Dreiviertelpension im Hotel mit einem Rucksack voller Brotzeit um das seltsame Schlösschen schlich.

Aber was hatte er damit bezweckt?

Hatte er ernsthaft die Hoffnung, der Commissario könne nicht schwimmen oder würde mit nasser Kleidung seine Ermittlungen nicht fortführen? Wollte er Zeit gewinnen?

Pagani war nicht bereit, sich durch diese Aktion einschüchtern zu lassen. Nicht von einem dahergelaufenen Entführer in diesem gottverlassenen Tal, in das er freiwillig niemals gekommen wäre. Er würde in wenigen Stunden den Verbrecher dingfest gemacht und den Hotelchef aus seiner vermutlich misslichen Lage befreit haben. Damit würde er seiner Versetzung wieder einen gewaltigen Schritt näher kommen. Voller Tatendrang betrat er die kühle Lobby des Hotels, ignorierte den überraschten Blick seiner jungen Kollegin und marschierte selbstbewusst erhobenen Hauptes in den Roten Speisesaal.

„Frau Moser, kommen Sie bitte!", rief er noch, ehe er die Tür hinter sich schloss.

Mit rotgeweinten Augen betrat Christine Moser den Raum. Schwungvoll stellte Pagani sein Fundstück aus dem See auf den Tisch.

„Was ist das für eine Flasche und warum liegen noch mehr davon direkt an Ihrer neuen Badestelle im Wasser? Was ist das für eine Flüssigkeit?"

Paganis strenger Blick erschreckte die ohnehin dünnhäutige Hotelchefin noch mehr. Sie brach in Tränen aus.

„Das ist unser Grappa. Wolfgang lagert ihn unter Wasser, weil dort die richtige Temperatur herrscht. Ich wusste nicht, dass das verboten ist."

Sie schnäuzte sich geräuschvoll.

„Nehmen Sie doch einfach die Flasche mit und probieren Sie ihn."

Der Commissario überlegte, ob eine geschenkte Flasche Grappa bereits als Bestechung gewertet werden könnte, kam aber schnell zu dem Schluss, dass er – egal, was das Beamtenregelwerk dazu sagen würde – unmöglich dieses verlockende Angebot ablehnen konnte. Ein guter Grappa gehörte eindeutig zu den Dingen, ohne die er sich ein lebenswertes Dasein niemals vorstellen konnte. Mit einem kurzen „Danke, ich werde ihn gern probieren" ließ er die unscheinbare Flasche in seiner Tasche verschwinden, räusperte sich und fragte Christine Moser, ob sich der Entführer wieder gemeldet habe.

„Ja, er hat vor einer halben Stunde angerufen", schluchzte sie. „Er hat gesagt, wenn wir ihm nicht bis morgen früh sagen können, wo die Gemälde sind, lässt er Wolfgang im Versteck, bis er …"

Sabine Schmalgruber legte tröstend den Arm um die Schultern der verzweifelten Frau.

„Das Gespräch war zu kurz", erklärte sie ihrem Chef. „Wir konnten nicht ermitteln, wo es herkam."

„Porca miseria!", entfuhr es Pagani. „Hat er etwas darüber gesagt, wie es Ihrem Mann geht?"

„Ich habe mit Wolfgang gesprochen", berichtete Christine Moser mit tränenerstickter Stimme. „Er klang so schwach und elend. Sie müssen ihn finden!" Sie war außer sich vor Angst.

„Das werden wir, Frau Moser", gab Pagani zuversichtlicher zurück als er in Wirklichkeit war. War er auch sonst so resistent gegenüber aller Trauer und Verzweiflung, so ging ihm der Zustand der Hotelchefin doch langsam an die Nieren.

Er musste diesen Fall schnellstmöglich lösen.

„Verlassen Sie sich darauf. Morgen um diese Zeit wird Ihr Mann wieder wohlbehalten bei Ihnen sein", versprach er und ging hinaus in die Lobby, um mit Iris zu sprechen.

„Bitte kümmern Sie sich um Frau Moser, und schicken Sie mir bitte in 20 Minuten die nächsten Gäste herein. Danke."

„Haben Sie etwas über Parers Familienverhältnisse herausfinden können?", fragte er Sabine Schmalgruber als sich die Tür hinter Iris und Frau Moser geschlossen hatte.

„Allerdings", antwortete die junge Beamtin. „Das hier kam gerade per Fax aus dem Präsidium." Mit vielversprechender Miene legte sie einige Zettel auf den Tisch.

„Unser Maler hatte wohl tatsächlich neben seinem ehelichen Sohn zumindest einen nichtehelichen Sprössling. Die Mutter war offenbar eine Touristin aus Deutschland und hatte damals dafür gekämpft, dass Parer den Jungen anerkannte, was der Künstler aber nicht wollte. Vermutlich wusste das Kind gar nichts von seiner Herkunft und hat erst nach dem Tod der Mutter davon erfahren."

„Und wann ist diese Mutter verstorben?"

„Vor vier Wochen."

Pagani pfiff durch die Zähne.

Konnte es tatsächlich sein, dass dieser bislang unbekannte Sohn jetzt im fortgeschrittenen Alter erfahren hatte, dass er möglicherweise Anspruch auf ein ansehnliches Erbe hatte? Wie alt mochte der Mann jetzt sein? 60? 70?

„Haben Sie einen Namen?" Langsam machte sich Aufregung beim Commissario breit. Gleich würde er den Namen des Entführers erfahren, dann war es eine Frage von wenigen Stunden, bis er den Fall gelöst hatte.

„Er heißt", Sabine Schmalgruber machte eine bedeutungsvolle Pause, „Georg Köhler."

Ein weiterer Streifenwagen fuhr in den Hof des Hotels. Wenige Minuten später führten zwei Uniformierte den mit Handschellen gefesselten Georg Köhler auf das Fahrzeug zu, öffneten die hintere Tür und schoben ihn auf die Rücksitzbank. Er trug noch Wanderhose und Gummistiefel. Den Rucksack hatte man ihm bereits abgenommen.

„Was soll das?", rief er aufgebracht. „Nehmen Sie mir sofort die Handschellen ab! Ich habe mit dieser Sache nichts zu tun!"

Vor den Augen beinahe aller Gäste und eines Großteils des Personals wurde Georg Köhler verhaftet wie ein Schwerverbrecher.

Aber war er das nicht auch?

Immerhin war anzunehmen, dass er den Hotelchef in seine Gewalt gebracht hatte. Der Entführer hatte sich als nichtehelicher Sohn Max Parers ausgegeben, was Köhler nachweislich auch war. Zum Zeitpunkt der Entführung war er angeblich spazieren, während der Telefonate auf der Toilette oder allein auf dem Zimmer.

Alles sprach gegen ihn.

Zu Paganis Leidwesen hatte er bislang weder das Versteck verraten, noch die Tat gestanden, aber das würde schon noch werden. Pagani würde ihn im Präsidium so in die Mangel nehmen, dass er binnen kürzester Zeit alles zugeben würde.

Mit einem siegessicheren Lächeln auf den Lippen setzte sich der Commissario in sein Auto und folgte dem Streifenwagen in Richtung Bozen.

Seine junge Kollegin blieb mit zwei weiteren Beamten im Hotel zurück, um schnell reagieren zu können, sobald der Verdächtige das Versteck Mosers verriet.

22

Der Verhörraum war klein und stickig. Die Neonröhre gab neben einem flackernden Licht auch ein nervtötendes Brummen von sich. Wie oft schon hatte Pagani den Antrag gestellt, diese Lampe auszutauschen, doch offenbar war es dem Herrn Polizeipräsidenten nicht wichtig genug.

Jetzt fand es Pagani ganz nützlich, denn dieses quälende Geräusch schien enormen Druck auf Georg Köhlers Nervenkostüm auszuüben. Der Verdächtige rutschte nervös auf seinem Stuhl hin und her, atmete schwer und hatte einen feuchten Schweißfilm auf der Stirn. Immer wieder beteuerte er, mit der Entführung des Hotelchefs nichts zu tun und von angeblichen Kunstwerken Parers nichts gewusst zu haben.

Je zappeliger Georg Köhler wurde, desto siegessicherer und ruhiger wurde der Commissario. Es würde nicht mehr lange dauern, bis das Geheimnis gelüftet war, bis Köhler seinen Mund aufmachen und das Versteck verraten würde.

„Sie haben vor etwa vier Wochen erfahren, dass Max Parer Ihr Vater war, stimmt das?", versuchte es Pagani erneut. Seit über zwei Stunden drehte sich das Gespräch im Kreis.

„Das habe ich Ihnen doch schon ein paar Mal gesagt", jammerte Köhler und sprang auf. Sofort wurde er von einem Beamten sanft, aber bestimmt wieder auf seinen Stuhl zurückgedrückt.

„Dann sagen Sie es doch bitte noch einmal", antwortete Pagani gelassen. So sehr er auch darauf wartete, dass sein Gegenüber endlich mit der Wahrheit herausrückte, so sehr genoss er seine Macht in dieser Situation. Der Mann war ihm ausgeliefert, so wie Moser seinem Entführer ausgeliefert war. Vorausgesetzt Georg Köhler war der Entführer, wovon Pagani vollkommen überzeugt war.

„Ich wollte mein Leben lang wissen, wer mein Vater ist",

stieß Köhler unwillig hervor, „doch meine Mutter hat es mir nie gesagt. Ich habe es gehasst! Alle Kinder hatten einen Vater, nur ich nicht. Manchmal habe ich einen Vater erfunden, ihm einen Beruf gegeben, mit dem ich die anderen beeindrucken konnte. Einmal war er als Soldat im Krieg gefallen, einmal als Kapitän auf hoher See. Das war aber alles kein Ersatz für einen echten Vater. Irgendwann habe ich kapituliert und mich damit abgefunden. Erst auf dem Sterbebett hat mir Mutter von Max Parer berichtet."

„Und von bislang unbekannten Kunstwerken, die in einem geheimen Versteck darauf warten, von seinem bis dato ebenso unbekannten Sohn gefunden und gewinnbringend verkauft zu werden, habe ich recht?"

„Haben Sie nicht, verdammt nochmal! Ich bin nach Montiggl gereist, um zu sehen, wo mein Vater gelebt hat, um Leute zu treffen, die ihn möglicherweise noch gekannt haben. Ist das so schwer nachzuvollziehen?"

Georg Köhler sank müde in sich zusammen. Er hatte keine Ahnung, wie er den Kommissar von seiner abstrusen Idee abbringen könnte.

Pagani stand auf. „Ich gehe jetzt einen Kaffee trinken. Wenn ich wiederkomme, würde ich gern ein Geständnis von Ihnen hören."

Unterdessen war die Aufregung im Hotel groß. Konnte es tatsächlich sein, dass der freundliche Herr Köhler ein kaltblütiger Verbrecher war? Der gleiche Herr Köhler, mit dem man am Tisch gesessen, in der Lounge einen Cocktail getrunken oder im Pool gebadet hatte?

Helene und Hartmut waren fassungslos. Mit ernsten Gesichtern saßen sie im Garten vor ihren Getränken.

„Arme Irmgard", meinte Helene mit belegter Stimme. „Wenn ich mir vorstelle, du würdest vor den Augen aller Hotelgäste von der Polizei abgeführt werden – ein schrecklicher Gedanke."

„Noch schrecklicher finde ich die Tatsache, dass sie offensichtlich jahrzehntelang mit einem Mann verheiratet war, der genug kriminelle Energie besitzt, einen fried-liebenden Menschen zu entführen und ihn vermutlich unter menschenunwürdigen Bedingungen einzusperren", ergänzte Hartmut schockiert. „Wenn ich mir vorstelle, du wärst eine Verbrecherin …"

Hartmut schüttelte sich bei dem Gedanken.

„Es muss doch grauenvoll sein, zu erfahren, dass einem der eigene Mann jahrelang etwas vorgelogen hat. Kein Wunder, dass die arme Irmgard zusammengebrochen ist."

Als Irmgard Köhler gesehen hatte, wie ihr Mann in Handschellen abgeführt wurde, hatte sie einen Nervenzusammenbruch erlitten und war kurze Zeit später ins Krankenhaus gebracht worden. Sie hatte entweder nichts von den Machenschaften ihres Mannes gewusst, oder war eine begnadete Schauspielerin.

Helene legt ihre Hand auf den Arm ihres Mannes.

„Ich bin ja so froh, dass du damals als Polizist nichts mit solchen Verbrechern zu tun hattest. Ich hätte keine Nacht mehr ruhig schlafen können."

Hartmut zuckte mit den Schultern.

„Glaube nicht, dass es ein Vergnügen war, jahrelang an der innerdeutschen Grenze zu patrouillieren", gab er zurück und spielte damit auf seine Zeit als Grenzpolizist an. „Der spätere Innendienst und der Ärger mit den uneinsichtigen Verkehrssündern war auch kein Spaß."

„Ja, ich weiß, dass du es nicht leicht hattest, aber wenigstens warst du nicht mit Verbrechern konfrontiert, die Leute entführen und womöglich mit einer Waffe bedrohen."

„Ich bin richtig schockiert über das, was passiert ist", griff Hartmut den Faden wieder auf. „Aber die Tatsache, dass Georg wohl tatsächlich der Sohn des Malers ist, heißt eigentlich nicht, dass er auch der Entführer sein muss."

„Nicht?" Helene riss ungläubig die Augen auf. „Aber der Entführer hat doch gesagt, er sei ein nichtehelicher Sohn, oder? Warum zweifelst du dann noch?"

„Beruhige dich. Ich meine doch nur, dass noch nichts bewiesen ist. Der Sohn und der Entführer müssen nicht zwingend ein- und dieselbe Person sein."

„Nicht? Denkst du, es gibt noch mehr Söhne dieses Künstlers?"

„Nicht unbedingt, aber es könnte sich doch jemand am

Telefon für den Sohn ausgegeben haben, auch wenn er es gar nicht ist."

Helene verzog ungläubig das Gesicht.

„Also, ich würde vorschlagen, wir überlassen es der Polizei, herauszubekommen, ob und wie Georg in die Sache verwickelt ist."

„Du hast recht", stimmte Hartmut zu. „Komm, wir stärken uns lieber am Buffet. Ich muss sagen, ich habe schon wieder Hunger."

Helene schüttelte den Kopf. Wie konnte man nur in einer solchen Situation ans Essen denken? Ihr war der Appetit vergangen.

Christine Moser saß gemeinsam mit Iris, Ricardo und Miriam im Büro neben dem Telefon und wartete. Auch Sabine Schmalgruber und die beiden Polizisten warteten sehnsüchtig auf den erlösenden Anruf Paganis aus dem Präsidium, der ihnen das Versteck des Entführers nennen würde.

Doch das Telefon blieb stumm.

„Er verrät es nicht", murmelte Christine voller Sorge. „Er verrät es einfach nicht."

Oder er ist nicht der Richtige, dachte Sabine Schmalgruber, ohne es laut auszusprechen. Sie wollte die Hoffnung der Hotelchefin nicht zerstören, doch sie selbst zweifelte inzwischen an der Schuld des Mannes.

Was, wenn sich der Entführer nur als der Sohn Parers ausgegeben hatte? Dann verschwendeten sie nur wertvolle Zeit, die Wolfgang Mosers Gefangenschaft unnötig verlängerte. Wenn sie ehrlich war, hatte sie aber auch keine andere Idee. Der Ansatz mit dem nichtehelichen Sohn war so vielversprechend.

Wenn Georg Köhler nicht der Täter war, wer war es dann?

Da klingelte das Telefon.

„Wo ist er?", schrie Christine in den Hörer, ohne zu wissen, wer am anderen Ende war. „Wissen Sie endlich, wo mein Mann ist?"

23

Die Wände waren feucht, kalt und schmutzig. Wolfgang Mosers Handflächen waren schon ganz wund. Er fühlte sich ein bisschen wie ein Maulwurf, der sich blind durch die kühle Finsternis des Erdreichs grub. Oder wie Gollum aus dem Buch „Der Herr der Ringe", ein Wesen, das durch den jahrzehntelangen Aufenthalt unter Tage bereits ganz weiße Haut und riesige, hervorquellende Augen bekommen hatte. Trotz seiner misslichen Lage musste er grinsen bei der Vorstellung, wie er in hoffentlich naher Zukunft bleich und verstört mit weit aufgerissenen Glubschaugen auf allen Vieren aus der Erdhöhle gekrochen kommen und un-artikulierte Zischlaute von sich geben würde.

Aber so weit war es noch nicht.

Noch hat er keinen Ausgang gefunden, noch war er damit beschäftigt, akribisch jeden Zentimeter seines Gefängnisses mit aufgeschundenen Fingerspitzen abzusuchen.

Zum Glück hatte ihm der Entführer vor kurzem etwas zu Essen vorbeigebracht. Moser hatte sich darauf gestürzt wie ein ausgehungertes Tier, was er ja in gewisser Hinsicht auch war.

Es waren kalte Pizzastücke gewesen, die der Hotelchef trotz Finsternis sofort erkannt hatte.

Sie stammten mit Sicherheit aus der Küche seines Hotels.

Was für eine Unverfrorenheit!

Damit war klar, dass der Täter aus dem Hotel kam. Er musste entweder ein Gast sein, oder - Wolfgang Moser wagte es kaum, diesen schrecklichen Gedanken zu Ende zu denken - ein Mitarbeiter!

Außerdem waren die Pizzastücke ein Hinweis auf die Tageszeit. Moser wusste, dass sie für das Nachmittagsbuffet am Freitag geplant waren, also war es Freitag, mindestens

15.00 Uhr. Damit war er schon seit fast 24 Stunden in diesem Loch gefangen.

Er musste endlich hier raus!

Und er musste endlich wissen, wer sein Entführer war, doch wieder hatte der Unbekannte nur geflüstert und wieder hatte er ihn mit einer Taschenlampe geblendet, um selbst unerkannt zu bleiben. Lediglich die Pistole hatte in der behandschuhten Hand geblitzt, als sie an seine Schläfe gehalten wurde.

Wieder und wieder hatte ihn der Mann nach den Gemälden gefragt, doch Moser wusste auch heute keine Antwort.

Nach dem kurzen Besuch des Entführers und dem Verzehr der köstlichen Pizzastücke fühlte sich der Gefangene wieder gestärkt und motiviert, seine verzweifelte Suche nach einem Ausgang fortzusetzen.

Er ließ seine Gedanken schweifen, dachte an seinen geplanten Neubau und daran, was die anderen wohl ohne ihn machten. Gingen die Planungen überhaupt weiter?

Ärger stieg in ihm auf. Man brauchte ihn im Hotel, verdammt nochmal! Er musste Entscheidungen treffen, Anträge schreiben, Planungen genehmigen. Er war gewaltig unter Zeitdruck, schließlich musste der Bau zu Ostern fertig sein. Die Bauzeit über den Winter war ohnehin knapp bemessen.

Er beschleunigte sein Tempo, wollte einfach nicht aufgeben.

Plötzlich schoss ihm die Bemerkung des Architekten durch den Kopf. Er hatte vor einigen Tagen im Steinbruch die uralte Geschichte eines Geheimgangs erwähnt. Es solle angeblich eine unterirdische Verbindung zwischen dem Steinbruch und dem Parer-Schlösschen geben.

Wolfgang Moser erinnerte sich daran, dass er als Kind oft mit seinen Freunden nach dem sagenumwobenen Tunnel gesucht, ihn aber nie gefunden hatte. Seine Großmutter hatte ihm einst gruselige Geschichten darüber erzählt, wie in vergangenen Zeiten Menschen Zuflucht in dem Stollen gesucht und so mancher darin den Tod gefunden hatte.

Ihm war bei diesen Erzählungen regelmäßig ein Schauer über den Rücken gelaufen, so auch jetzt. Die Geschichten über den Geheimgang gab es schon ewig, gefunden hatte ihn bislang noch niemand.

Sollte es den Tunnel wirklich geben, wäre er jetzt seine Rettung!

Was hatte er schon zu verlieren?

Er musste es versuchen.

Fieberhaft ließ er seine Hände über die teils gemauerten, teils in das Erdreich gegrabenen Wände gleiten.

Konnte es tatsächlich sein, dass ein Körnchen Wahrheit in dieser alten Geschichte steckte?

Und was, wenn der Ausgang des Tunnels im Schlösschen lag und nicht im Keller?

Was, wenn er gar nicht im Keller des Schlösschens war, sondern ganz woanders?

Was, wenn es zwar den Gang gab, er die geheime Tür finden würde und dann am anderen Ende der Ausgang versperrt war?

Wenn, wenn, wenn.

Er hatte keine Zeit, sich mit Wenns und Abers zu beschäftigen, er hatte einen Strohhalm der Hoffnung, an den er sich klammerte. Abwechselnd suchte er am Boden und an den Wänden, krabbelte auf den Knien und streckte sich soweit es ging, doch alles fühlte sich fest und unbeweglich an.

Frustriert ließ er sich nach einer Ewigkeit des Suchens und Tastens auf den Boden fallen und dachte nach.

Da fielen ihm die Einweckgläser ein, die auf dem Boden verteilt standen. Er fragte sich, warum sie nicht im Regal waren. Vielleicht hatte sie jemand herausgenommen, um …

Es kam ihm eine Idee.

Natürlich war es sinnlos gewesen, den Boden nach einem Geheimgang abzusuchen. Der Boden ist viel zu sumpfig und nass, um einen Gang hineingraben zu können. Sollte der Gang überhaupt existieren, dann musste der Zugang in der Wand sein, auf gleicher Höhe wie der Raum, in dem er sich befand.

So schnell er konnte bahnte er sich einen Weg zu dem leergeräumten Regal und rüttelte vorsichtig daran.

Es bewegte sich nur wenig.

Wolfgang packte das morsche Holz fester und versuchte, das

Möbelstück von der Wand wegzuschieben.

Zentimeterweise gelang es ihm, den Spalt zwischen Regal und Wand zu vergrößern, bis er so breit war, dass er sich selbst dazwischen quetschen konnte.

Da war eine Tür, eine niedrige, hölzerne Tür.

Ein kurzer Jubelschrei entfuhr ihm.

Aufgeregt suchte er nach einem Türgriff. Nach der ersten Euphorie kam ihm der beunruhigende Verdacht, die Tür könne verschlossen sein, doch der kleine metallene Riegel ließ sich leicht zurückschieben.

Wolfgang Moser jubilierte, doch die Ernüchterung kam schnell zurück. Er hatte zwar eine Tür gefunden, doch ob es auch einen Geheimgang dazu gab und wo dieser dann hinführte stand in den Sternen.

Vorsichtig schob er die Tür auf.

Er hätte jetzt ein Vermögen für eine Taschenlampe oder nur ein Streichholz gegeben um erkennen zu können, was da vor ihm lag.

War es nur ein weiterer Lagerraum oder tatsächlich ein geheimer Gang in die Freiheit?

Er hatte keine andere Wahl. Er musste sich wieder tastend fortbewegen, Stück für Stück mit seinen wunden Händen Wände und Boden untersuchen.

Plötzlich stieß sein Fuß an einen schweren Gegenstand. Es handelte sich um eine große, hölzerne Truhe mit bauchigem Deckel.

Auch sie ließ sich problemlos öffnen.

Wolfgang Moser steckte vorsichtig seine Hand hinein. Nichts!

Die Truhe war leer.

Enttäuscht schloss er den Deckel wieder und setzte seine Suche fort.

Da spürte er einen kalten Lufthauch, der über sein erhitztes Gesicht strich.

Er erstarrte.

Ein Luftzug konnte nur eines bedeuten: es gab wirklich einen Ausgang nach draußen!

Voller Begeisterung streckte er die Hände in die Richtung, aus der die Luft kam und spürte kalte Erde. Verzweifelt tastet er sich die Wand entlang weiter nach unten.

Und tatsächlich! Etwa auf Kniehöhe spürte er keinen Widerstand mehr.

Da war ein Loch in der Wand.

Der Geheimgang!

Er hatte ihn gefunden!

Bald würde er frei sein, frische Luft atmen, seine Frau in die Arme schließen können.

Bevor er es wagte, auf allen Vieren ins Ungewisse zu krabbeln, kam ihm noch ein Gedanke.

Der Entführer sollte so spät wie möglich entdecken, wohin sein Gefangener geflüchtet war, vorausgesetzt die Flucht gelang.

Er müsste also das Regal vor die Wand schieben und die Tür wieder schließen, was sich als äußerst mühsam herausstellte.

Erschöpft und schweißüberströmt sank er auf den Deckel der Truhe nieder, um sich kurz auszuruhen, bevor er sich auf seine schmerzenden Knie niederließ.

Jetzt war es soweit.

Der letzte Akt seines Abenteuers konnte beginnen.

Er schluckte die aufkeimende Angst hinunter, schickte noch einmal ein Stoßgebet gen Himmel und krabbelte los.

24

„Was sagen Sie da?"

Commissario Paganis Kinnlade klappte so weit herunter, dass man es beinahe hören konnte. „Das kann nicht sein", flüsterte er ungläubig in sein Handy.

Seine Gesichtsfarbe wechselte von dunkelrot in schneeweiß. Dann nickte er und legte auf.

Es war still im Verhörraum. Lediglich das leise Ticken der Uhr war zu hören. Bereits seit vier Stunden saß er da und versuchte, Georg Köhler dazu zu bringen, ihm das Versteck zu verraten. Er war so sicher gewesen, den Richtigen vor sich zu haben, denjenigen, der einen Menschen entführt hatte und ihn an einem geheimen Ort gefangen hielt.

Er war überzeugt gewesen, dass es nur eine Frage der Zeit war, bis der Mann einknicken und alles gestehen würde.

Pagani hatte seinen Feierabend und seine Versetzung in den Süden schon riechen können.

Und jetzt das!

Ein schlichter Anruf seiner Kollegin, der all seine Hoffnungen zerstörte, der die Lösung des Falles in unerreichbare Ferne rücken ließ.

Ein paar wenige Worte und die ganze Arbeit, alle Ermittlungen und Ergebnisse waren zunichte gemacht, waren Makulatur.

Der Entführer hatte sich wieder gemeldet!

Es war ganz sicher die gleiche Stimme wie zuvor. Christine Moser war überzeugt davon, denselben Mann am Apparat gehabt zu haben wie bei den ersten Anrufen.

Er wolle endlich das Versteck der Bilder wissen, Herrn Moser gehe es zunehmend schlechter.

Sie hatten den Falschen.

Vor ihm saß ein unschuldiger Mann, der völlig zu Unrecht in Handschellen abgeführt und seit Stunden verhört wurde. Hatte Pagani noch vor wenigen Minuten seine Versetzung dicht vor Augen gehabt, so war sie mit diesem Anruf wieder unwahrscheinlicher als je zuvor.

Er musste den Mann laufen lassen, musste seine falsche Einschätzung zugeben, sich womöglich auch noch entschuldigen.

Ein entsetzlicher Gedanke.

„Was ist passiert?", fragte Georg Köhler, der die Verzweiflung Paganis bemerkt hatte. „Gibt es Neuigkeiten?"

„Und ob es die gibt", gab dieser schroff zurück.

Er wagte noch nicht, den Inhalt des Telefonates und die daraus entstehenden Konsequenzen laut auszusprechen.

„Hat es etwas mit mir zu tun?", bohrte Georg Köhler nach, doch Pagani blieb eine Antwort schuldig.

„Wir fahren zurück ins Hotel", bemerkte er nur kurz angebunden und rannte aus dem Zimmer.

„Aber, Commissario, nun sagen Sie schon, was passiert ist. Ist etwas mit meiner Frau?", rief Köhler besorgt und folgte Pagani nach draußen. „Bin ich frei? Haben Sie Beweise für meine Unschuld?"

Da drehte sich der Commissario ruckartig um.

„Nein, es ist nichts mit Ihrer Frau und ja, ich habe Beweise für Ihre Unschuld. Der Entführer hat sich nämlich gerade im Hotel gemeldet!", blaffte er Köhler an.

Eine Entschuldigung sah anders aus.

Schweigend fuhren die beiden zurück nach Montiggl. Bei ihrer Ankunft hatte sich bereits wieder eine ansehnliche Menge an Gästen vor dem Gebäude versammelt.

Hatten denn diese Leute nicht anderes zu tun als zu gaffen? Sie wohnten in einem der besten und schicksten Hotels Südtirols, könnten am Pool liegen, einen Cocktail trinken oder, Pagani sah auf seine Uhr, stilvoll zu Abend essen. Stattdessen lauerten sie ihm auf und blockierten den Eingang. Voller Ärger bahnte er sich einen Weg durch die

Menge, die sich gleich voller Verständnis und Fürsorge auf seinen leider nicht mehr Verdächtigen stürzte.

Bebend vor Zorn und Frustration stürmte er in das Büro des Hotels. Christine Moser, Iris, Ricardo und die beiden Uniformierten starrten ihn an.

„Haben Sie Herrn Köhler …", setzte Sabine Schmalgruber an, doch Pagani fuhr ihr über den Mund.

„Natürlich habe ich ihn wieder mitgebracht, was hätte ich denn tun sollen?"

Wütend ließ er sich auf den letzten freien Stuhl fallen.

„Wie konnte das passieren? Waren wir zu vorschnell? Hätten wir auf noch mehr Beweise warten sollen? Der Entführer behauptet, er sei der Sohn Parers. Köhler ist ein solcher Sohn, da liegt es doch nahe, dass er auch der Täter ist, oder?"

Er blickte sich um, aber keiner der Anwesenden wagte, etwas dazu zu sagen.

„Wir mussten ihn ins Präsidium bringen, er galt immerhin als potentieller Entführer!" Pagani drehte sich mit seinem Bürostuhl ständig nervös hin und her. „Wir haben doch die Leute befragt. Es gab niemanden, der ihm für die fraglichen Zeiten ein sicheres Alibi hätte geben können. Außerdem hat er sich richtig verdächtig verhalten. Er war mit einem prall gefüllten Rucksack in Gummistiefeln am Schlösschen unterwegs, obwohl es abgesperrt ist."

Er redete sich richtig in Rage.

„Natürlich sieht er nicht aus wie ein Schwerverbrecher, aber wer tut das schon? Hätte ich die Hinweise ignorieren sollen, nur weil er ein liebenswürdiger älterer Herr ist, der so wirkt, als könne er kein Wässerchen trüben?"

Jetzt fasste sich Sabine Schmalgruber ein Herz.

„Atmen Sie doch mal tief durch, Commissario. Es macht Ihnen doch niemand einen Vorwurf. Beruhigen Sie sich und lassen Sie uns überlegen, wie wir jetzt weitermachen wollen. Haben Sie sich schon bei Herrn Köhler für die Unannehmlichkeiten entschuldigt?"

Pagani schien seine junge Kollegin mit den Augen auffressen zu wollen. Was bildete sich diese junge Göre eigentlich ein? Er war ihr Vorgesetzter!

„Ich vermute, das haben Sie mir überlassen", fuhr sie völlig unbeeindruckt fort. „Bin gleich wieder zurück."

Damit verließ sie den Raum und ließ einen Commissario zurück, der trotz Wut und Zorn von der Charakterstärke der angehenden Polizistin beeindruckt war.

„Was können wir jetzt tun?", fragte Christine Moser mit dünner Stimme. „Wolfgang ist in Gefahr. Sie müssen ihn finden."

Paganis Handy klingelte.

Die Telefonnummer des Präsidiums wurde angezeigt.

„Commissario, es gibt Neuigkeiten zu Ihrem Maler", berichtete ein junger Beamter, den Pagani mit Recherchearbeiten zu Max Parer beauftragt hatte. „Wir sind auf eine Frau gestoßen, die sich jahrelang um Parer gekümmert hat und kurz vor seinem Tod plötzlich von hier weggezogen ist."

„Und weiter?"

„Sie war Zimmermädchen im damaligen Hotel Moser und hat den Maler regelmäßig besucht."

„Lebt sie noch?"

„Nein, sie ist vor einem Jahr verstorben, aber sie hatte einen Sohn."

„Haben Sie einen Namen?"

„Die Frau hieß Margarete Keller, den Namen des Sohnes wissen wir noch nicht."

„Gut, versuchen Sie es weiter."

Commissario Pagani legte nachdenklich auf.

Er wusste nicht, ob ein Zimmermädchen von damals etwas mit den Geschehnissen von heute zu tun haben könnte, aber es war einen Versuch wert.

„Frau Moser", begann er, „kennen Sie eine Margarete Keller, die in den 60er Jahren hier im Hotel gearbeitet und Parer bis kurz vor seinem Tod betreut hat? Sie soll auch einen Sohn gehabt haben."

Christine Moser dachte nach.

„Ich selbst habe den alten Parer nicht persönlich gekannt, ich habe mich erst später um seinen Sohn gekümmert, der nach dem Tod des Vaters im alten Schlössl gelebt hat. Ich bin nicht sicher, aber ich glaube, er hat manchmal von einer Margarete gesprochen."

„Was hat er über die Frau gesagt?"

„Er hat nicht gerade von ihr geschwärmt, wenn ich das so sagen darf."

„Wie meinen Sie das?"

„Es hörte sich eher verbittert an, so, als habe sie etwas damit zu tun, dass er in so einfachen Verhältnissen leben musste."

Pagani horchte auf.

„Könnte es sein, dass Max Parer dieser Margarete die Bilder gegeben hat?"

Christine blickte überrascht auf.

„Ist das nicht etwas an den Haaren herbeigezogen?"

„Wir müssen alle Spuren verfolgen und seien sie auch noch so unwahrscheinlich."

„Sie könnten meine Schwiegermutter fragen", schlug Christine Moser vor. „Die muss dieses Zimmermädchen doch gekannt haben."

Pagani nickte. „Ist sie noch im Haus?"

Keine Viertelstunde später saß Gisella Waldthaler Moser mit dem Commissario im Büro.

„Natürlich kann ich mich an die freundliche junge Frau erinnern. Sie war immer fleißig und bescheiden."

„Sie soll sich um den Maler gekümmert haben."

„Das ist richtig. Jeden Tag ging sie rüber ins Schlössl, Sommer wie Winter, bei jedem Wetter, egal wie anstrengend der Arbeitstag war. Sie hat die Gesellschaft des alten Mannes wohl genossen. Kurz vor seinem Tod ist sie dann mit ihrem Jungen aus Montiggl weggezogen. Wissen Sie, die Frau hatte keinen einfachen Stand hier im Ort."

„Was war denn mit ihr?"

„Die war ledig und hatte ein Kind. Heute ist das nichts Besonderes mehr, aber damals wollte man nicht mit ihr tauschen. Auch für das Kind muss es schlimm gewesen sein."

„Wissen Sie noch, wie das Kind hieß?"

Frau Waldthaler Moser überlegte.

„Nein, das tut mir leid, daran kann ich mich nicht mehr erinnern. Das ist über 40 Jahre her. Ich weiß nur noch, dass es ein Junge war, ein unscheinbares, schüchternes Kind, das immer irgendwo über ein Buch gebeugt in der Ecke saß. Ich kann mich nicht daran erinnern, ihn jemals lachen gesehen zu haben."

„Können Sie sich erklären, warum sie so kurz vor dem Tod des Malers den Ort verlassen hatte? Könnte es etwas mit den Gemälden zu tun gehabt haben?", fragte Pagani vorsichtig.

„Hören Sie doch endlich auf mit diesem unsäglichen Gerede von den Bildern", brauste die alte Dame plötzlich auf. „Das ist und bleibt ein Gerücht, eine Geschichte, die man sich seit Jahrzehnten erzählt. Es gibt keine Bilder. Sie existieren einfach nicht. Verstehen Sie das endlich! Warum, denken Sie, sollte der Umzug eines ledigen Zimmermädchens Ende 1969 etwas mit Wolfgangs Entführung zu tun haben? Finden Sie meinen Sohn statt in uninteressanten Details der Vergangenheit herumzuwühlen."

Damit stand sie auf und ließ den Commissario sitzen.

Pagani stöhnte.

Es war so mühsam.

Keiner wollte etwas von diesen Gemälden wissen, und trotzdem gab es augenscheinlich jemanden, der derentwegen einen Menschen entführt hatte und die Angehörigen erpresste.

Es musste etwas dran sein.

Sein Gefühl sagte ihm, dass es sich nicht nur um eine Geschichte oder ein Märchen handelte. Es musste zumindest ein Stückchen Wahrheit an dem angeblichen Gerücht sein.

Margarete Keller würde so gut ins Bild passen:

Die junge, ledige Frau, die im Dorf gemieden wird und von dem alten Mann Würde und Anerkennung bekommt. Er spürt, dass er sterben wird und vermacht ihr mehrere seiner Kunstwerke – heimlich, um keine Neider auf den Plan zu rufen. Die Frau nimmt das Geschenk an und verlässt Montiggl, um in der Ferne ein neues Leben zu beginnen.

Plötzlich keimte in Pagani ein Verdacht auf.

Womöglich war Max Parer der Vater von Margaretes

Jungen? Bisher hatte niemand davon gesprochen, wie alt der Junge war, als der Maler starb.

War es vielleicht doch Georg Köhler?

Margarete könnte geheiratet und den Namen ihres Mannes angenommen haben - Köhler!

Aber wie hatte er es dann geschafft, den Drohanruf abzusetzen?

Er müsste einen Komplizen gehabt haben.

Da fiel ihm ein, dass Köhlers Mutter eine deutsche Touristin gewesen war und kein lediges Südtiroler Zimmermädchen.

Verzweifelt fuhr er sich mit beiden Händen über das Gesicht und holte tief Luft. Genauso wahrscheinlich war es doch, dass dieser Maler mehrere nichteheliche Kinder in die Welt gesetzt hatte, die jetzt alle zwischen 50 und 90 Jahre alt sein und Köhler, Völkl, Öchsner, Hinterleitner oder wie auch immer heißen könnten.

Es musste sich bei Margaretes Sohn nicht zwingend um den Täter handeln, aber es war trotz allem eine Spur, die sie weiter verfolgen mussten.

Pagani wählte die Nummer des Präsidiums.

„Bitte arbeitet mit Nachdruck daran, den Sohn dieses Zimmermädchens ausfindig zu machen. Ich brauche einen Namen."

Frustriert steckte er sein Telefon wieder ein. Er spürte, wie müde er war, müde und hungrig. In diesem Zustand würde er nichts unternehmen können. Er verließ das Büro und trat kurz ins Freie. Ein leichter Windhauch kühlte sein erhitztes Gesicht. Es roch nach Spätsommer, Äpfeln und Gras. Hinter dem Mendelkamm ging gerade die Sonne unter und tauchte den Himmel in ein traumhaftes Orangerot. Auch morgen würde sie wieder aufgehen und den Menschen einen weiteren traumhaft milden Septembertag bescheren.

Pagani blickte sich um und sog sich die frische, würzige Luft tief in die Lungen. Er sah die prallen Weintrauben und die reifen rotwangigen Äpfel an den überladenen Ästen der schlanken Bäume. Plötzlich überkam ihn ein bislang nicht gekannter Frieden, eine Ruhe und Gelassenheit. Hatten ihn die Berge bisher eingeengt, ihm die Luft abgeschnürt, das Gefühl gegeben, zwischen ihnen gefangen zu sein, so fühlte er zum ersten Mal einen leichten Hauch von Heimat und Geborgenheit. Sollte er dieser Landschaft nach all den Jahren tatsächlich etwas abgewinnen können? Sich hier wohlfühlen?

Er spürte, wie jemand neben ihn getreten war.
„Alles in Ordnung, Commissario?", fragte Christine Moser erschöpft. „Sie sehen hungrig aus. Das Abendbuffet ist vorbereitet. Bitte bedienen Sie sich."
Sie führte den Beamten ins Restaurant. Sabine Schmalgruber und die Kollegen saßen bereits vor gefüllten Tellern voller verlockender Leckereien.
„Guten Appetit und bis später", verabschiedete sich Frau Moser.
„Wollen Sie nicht mit uns essen?"
„Nein, danke. Ich habe keinen Hunger. Wir sehen uns nachher."

„Wie machen wir jetzt weiter?", fragte Sabine Schmalgruber als der erste Hunger gestillt war. Sie wischte genüsslich mit einem Stück Weißbrot die köstliche Soße aus ihrem Teller und lehnte sich seufzend zurück. „Das war vielleicht lecker", setzte sie hinzu. „Ich weiß nicht, wann ich zum letzten Mal so gut gegessen habe. Vermutlich noch nie."
Die Kollegen nickten zustimmend. Das Essen hatte eine wohltuende Wirkung auf die Stimmung im Team. Die Anspannung löste sich etwas und man konnte sich gegenseitig wieder zuhören.
„Was schlagen Sie vor?", gab Pagani die Frage zurück. Auch seine Laune hatte sich deutlich verbessert.
„Ich denke, wir sollten uns dieses Schlössl einmal näher ansehen", meinte Sabine Schmalgruber. „Frau Moser hat gesagt, sie habe einen Schlüssel."
Commissario Pagani verschluckte sich beinahe an seiner Kartoffel.
„Sie hat was?", presste er zwischen besorgniserregenden Hustenanfällen hervor. Sein Gesicht glich einer reifen Tomate, während er ein ums andere Mal heftig in die Serviette hustete.

„Geht es wieder?", fragte Sabine fürsorglich und klopfte dem Commissario dabei kräftig auf den Rücken.

„Lassen Sie das!", rief Pagani ungehalten und schüttelte Sabines Hand ab. „Was hat Frau Moser?"

„Sie hat den Schlüssel zu dem Parer-Schlössl", wiederholte Sabine überrascht.

„Warum sagen Sie das jetzt erst?" Paganis Gelassenheit war wieder verflogen. „Haben Sie das die ganze Zeit gewusst?"

„Ich dachte, Sie haben sich das Gebäude heute Mittag bereits angesehen", wunderte sich die junge Frau.

„Ja, schon, aber doch nur von außen."

„Dann sollten wir eine Besichtigung der Innenräume schleunigst nachholen", beeilte sich Sabine Schmalgruber zu sagen, bevor sich ihr Chef wieder in etwas hineinsteigern konnte. „Ich hoffe, in den Streifenwagen sind leistungsstarke Taschenlampen."

Unterdessen traf sich Christine Moser mit Iris, Ricardo und Miriam im Büro. Ihre bisherige Verzweiflung war verflogen und hatte angesichts der Tatenlosigkeit der Polizei einer wilden Entschlossenheit Platz gemacht. Wenn der Commissario schon nichts unternahm, musste sie die Rettung ihres Gatten selbst in die Hand nehmen.

„Ist es nicht unfassbar", schimpfte sie wütend. „Jetzt sitzen die Damen und Herren Beamten schon seit einer Stunde gemütlich beim Essen und haben keinen Plan wie es weitergehen soll."

„Denen ist es doch egal, was mit Wolfgang passiert", mutmaßte Iris frustriert. „Die kriegen ihr Geld, egal, ob sie den Täter schnappen oder nicht."

„Jetzt hackt doch nicht so auf den Leuten herum", nahm Ricardo die Polizisten in Schutz. „Die tun doch, was sie können. Ihr müsst schon zugeben, dass die Spur mit dem bislang unbekannten Parer-Sohn wirklich vielversprechend war."

Irgendwie war ihm der ungestüme Commissario sympathisch - trotz seiner kantigen und oft unfreundlichen Art. Er konnte noch so kratzbürstig sein, Ricardo nahm die Strenge und Unbeherrschtheit nie wirklich ernst. Für ihn blitzte immer ein weicher Kern zwischen all den Stacheln hervor.

„Und wie soll es jetzt weitergehen?", fragte Iris ratlos.

„Wir müssen Wolfgang selbst befreien", verkündete Christine Moser feierlich. „Und ich glaube ich weiß auch, wo er ist", setzte sie triumphierend hinzu.

Ricardo und Iris starrten sie fragend an.

War diese selbstbewusste, zu allem entschlossene Frau dieselbe, die noch vor wenigen Minuten vor Verzweiflung beinahe zusammengebrochen war?

Und wen meinte sie mit WIR?

„Ich sage euch, was wir machen werden."

Sie winkte ihre Mitarbeiter näher heran und erklärte in verschwörerischem Tonfall ihren Plan.

25

Der Gang war niedrig und eng.

Wolfgang Moser musste seinen über 1,80 Meter langen Körper regelrecht zusammenklappen, um sich durch die schmale Röhre schieben zu können.

Er hatte Angst.

Trotz der Euphorie und Hoffnung, in Kürze wieder frei zu sein, schnürte ihm die Angst regelrecht den Hals zu.

Vielleicht lag es auch an seiner zusammengekauerten Haltung, aber das Atmen fiel ihm zunehmend schwerer.

Wie weit war es vom Schlösschen bis zum Steinbruch?

Ein Katzensprung, wenn man bei bester Gesundheit und Stimmung durch die warme Septembersonne spazierte.

Eine Ewigkeit, wenn man geschwächt und voller Angst auf Knien durch einen stockfinsteren unterirdischen Tunnel kriechen musste. Waren es 400 Meter? 500? Oder noch mehr? Moser seufzte. Er bekam langsam Beklemmungen.

Auch das Wissen, dass höchstens zwei Meter Erdreich über ihm lagen, und keine 200 Meter Fels, tröstete ihn in diesem Moment wenig. Er war eingesperrt, konnte sich kaum bewegen und wusste nicht, ob es am anderen Ende überhaupt einen Ausgang gab. Trotz aller Hindernisse und Unwägbarkeiten, die vor ihm lagen, kam ein Umkehren für ihn nicht in Frage. Er nahm all seinen Mut zusammen und krabbelte weiter. Vorsichtig setzte er eine Hand vor die andere. Dabei spreizte er die Finger weit auseinander. Die Entfernung zwischen Daumen und kleinem Finger entsprach ungefähr 20 cm. Wenn er von 500 m Entfernung ausging, bräuchte er also 2500 Hände bis zum Ziel. Die Aktion verkürzte natürlich in keinster Weise die Entfernung, aber sie lenkte ihn von der aufkommenden Panik ab.

Also zählte er: 4, 5, 6, …

26

In dunklen Hosen und schwarzen Jacken, ausgerüstet mit Taschenlampen, Handys und dem einen oder anderen großen Schraubenschlüssel zog die kleine Gruppe los.

Es waren drei Frauen und ein Mann, die gebückt im fahlen Mondlicht über die Wiese liefen. Sie überquerten ungesehen den Parkplatz und erreichten schnell den hölzernen Steg, der über die morastigen Ausläufer des großen Montiggler Sees führte.

So sehr sich Christine Moser, Iris, Ricardo und Miriam auch bemüht hatten, ganz unbemerkt war ihre Aktion doch nicht geblieben.

Zwei aufmerksame Augen hatten die Gruppe beobachtet.

„Warum hast du den Polizisten nichts davon gesagt, dass der Schlüssel zum Schlössl verschwunden ist?", flüsterte Miriam fast unhörbar. „Vielleicht hätten sie das alte Gebäude dann schon längst durchsucht?"

Christine Moser blieb stehen.

„Du sagt es - vielleicht. Vielleicht aber auch nicht."

„Wieso bist du dir so sicher, dass Wolfgang im Schlössl ist? Nur wegen des verschwundenen Schlüssels?", wollte Ricardo wissen. Ihm schien diese Unternehmung richtig Spaß zu machen. Er hatte keine Sekunde gezögert, als ihn die Chefin gefragt hatte, ob er mitmachen wolle - auch wenn ihn der Mut Christines ziemlich gewundert hatte.

Vor einigen Jahren hatten die Mosers ihre Nichten zu Besuch. Die beiden Mädchen waren damals etwa 14 und 16 Jahre alt gewesen. Christine hatte ihnen eine Geschichte von Geistern im Montiggler See erzählt, die immer nachts, wenn der Mond scheint, über die Wasseroberfläche schweben. Eines Nachts waren die drei mit Fackeln bewaffnet losgezogen, um die schwebenden Geister zu suchen.

Die ersten 100 Meter war alles gut gegangen, doch dann hatte Christine selbst solche Angst vor ihrer eigenen Geschichte bekommen, dass sie das ganze Unterfangen abbrechen mussten.

Und jetzt marschierte sie mutig und unerschrocken mit einem Schraubenschlüssel bewaffnet durch die Nacht, um ihren Mann aus den Fängen eines Entführers zu befreien.

Hut ab!

„Es ist nicht nur der Schlüssel, sondern auch das Absperrband, das mich stutzig gemacht hat", meinte Christine.

„Welches Absperrband?"

„Der Commissario hat doch erzählt, das Schlössl sei abgesperrt - ist es aber nicht. Das wüssten wir doch. Ich bin überzeugt davon, dass der Täter den Bereich abgesperrt hat, um sich vor unliebsamem Besuch zu schützen."

Ricardo nickte anerkennend.

„An dir ist ja eine Detektivin verloren gegangen. Das klingt absolut plausibel."

Christine legte warnend den Finger an die Lippen.

„Psst! Habt ihr das gehört?", zischte sie leise.

Alle lauschten angestrengt in die Nacht, doch außer den zirpenden Grillen und ab und zu einem quakenden Frosch war kein Laut zu hören.

Die Hotelchefin schüttelte den Kopf und schlich weiter den Steg entlang, die Lichtkegel der Taschenlampen stets auf den Boden gerichtet.

Eine gebückte Gestalt verfolgte die Gruppe in gebührendem Abstand. Ihr weißes Haar leuchtete im Mondlicht.

Die Polizisten hatten inzwischen ihr Abendessen beendet und das weitere Vorgehen besprochen. Sie würden sich den Schlüssel zum Parer-Schlösschen geben lassen und trotz später Stunde das Gebäude durchsuchen.

Je mehr er darüber nachdachte, desto seltsamer erschien Pagani die Geschichte mit dem Absperrband. Das Häuschen sah massiv gebaut aus und ganz und gar nicht einsturzgefährdet. Abgesehen davon war die Tür ohnehin abgeschlossen und die Wahrscheinlichkeit, außen von einem herabfallenden Stein getroffen zu werden, lag nach Paganis Einschätzung bei null.

Also konnte das Band nur vom Täter angebracht worden sein, um mögliche Zeugen fernzuhalten.

„Frau Moser?", rief Sabine Schmalgruber in das kleine Büro hinein, doch der Raum war leer. Auch die Rezeption war nicht besetzt.

Verwundert blickten sich die Beamten an.

„Wo sind die denn hin?", fragte Sabine, doch sie erntete nur Schulterzucken.

Pagani ging in die Bar, wo Barista Jonas bereits mit der Bedienung der ersten Gäste beschäftigt war.

„Wir sind auf der Suche nach Frau Moser. Wissen Sie, wo wir sie finden können?"

„Ist sie nicht im Restaurant?"

„Nein, in der Rezeption und im Büro ist sie auch nicht."

„Vielleicht hat sie sich hingelegt? Bitte entschuldigen Sie mich, ich muss weitermachen. Ricardo ist nicht da und Miriam ist offenbar auch schon nach Hause gegangen."

„Ricardo und Miriam sind nicht da?" Pagani wurde hellhörig. „Ich habe auch Iris nicht gesehen."

Jonas hielt inne. Besorgt legte er die Stirn in Falten.

„Aber Iris hat heute bis mindestens Mitternacht Dienst. Was ist denn hier los? Die Kollegen sind doch sonst immer so zuverlässig. Es passt gar nicht zu ihnen, sich einfach so davon zu machen. Wenn ich so darüber nachdenke, vermisse ich auch Herrn Völkl. Er müsste eigentlich seit über einer Stunde dort beim Drei-Länder-Stammtisch sitzen."

„Drei-Länder-Stammtisch?"

„Ja, ein Ehepaar aus Liechtenstein, eines aus der Schweiz und eines aus Deutschland. Herr Völkl hat sich mit den Leuten angefreundet und trinkt jeden Abend mit ihnen einen Cocktail."

„Dann vermissen Sie also die Chefin, drei Kollegen und einen Gast, ist das richtig?"

Plötzlich durchzuckte Jonas ein fürchterlicher Verdacht: „Meinen Sie, der Entführer hat auch sie …?"

Er wagte es nicht, den Gedanken ganz auszusprechen.

„Sie meinen, der Entführer hat fünf Personen auf einmal in

seine Gewalt gebracht? Das glaube ich nicht. Ich denke eher, dass …"

Pagani unterbrach sich mitten im Satz und stürmte in die Lobby zu seinen Kollegen.

„Wir müssen zum Schlösschen, schnell!"

27

2499, 2500. Zweitausendfünfhundert mal hatte Wolfgang Moser die gespreizten Hände vor sich in die feuchte Erde gedrückt und noch immer war kein Ende dieses fürchterlichen Tunnels abzusehen. Waren es am Ende doch 600 oder gar 700 Meter zum Steinbruch? Tränen schossen ihm in die Augen. Er keuchte und jammerte, war völlig erschöpft. Seine anfängliche Zuversicht war verschwunden.

Panik hatte von seinem Körper Besitz ergriffen. Seine Kleidung war durchnässt von Schweiß und Schmutz, die Knie wund, die Hände blutig.

Hatte es im Verlies noch eine gewisse Wahrscheinlichkeit gegeben, befreit zu werden, so war die Chance hier unten gleich Null. Am liebsten würde er sich ganz einfach hier in den Matsch legen, neben all die Regenwürmer und das übrige Getier. Einfach der Länge nach ausstrecken, die Augen schließen und warten, bis es vorbei ist.

Da hörte er plötzlich ganz leise das Knattern einer Vespa.

Er horchte auf.

War das eine akustische Fata-Morgana?

Spielten ihm seine Sinne einen üblen Streich?

Angestrengt lauschte er in die Finsternis.

Nichts.

War ja klar, denn vermutlich war es mittlerweile tief in der Nacht und um diese Uhrzeit waren nur sehr wenige Leute hier im Tal unterwegs. Um genau zu sein konnte sich Wolfgang Moser eigentlich nur einen einzigen Menschen vorstellen, der zu so später Stunde mit einer Vespa auf dem einsamen Sträßchen nach Montiggl unterwegs sein könnte: sein Freund Sepp.

Der Sepp, der oft mit Frau, Kindern und Hund auf ein Eis im Hotel vorbeikam und sich perfekt mit Traktoren auskannte.

Der Sepp, der gute Beziehungen zu wichtigen Leuten hatte und gern Veneziano trank.

Der Sepp, der Mosers Lebensgeister erwachen ließ.

Wenn man hier Motorengeräusche hören konnte, dürfte der Ausgang nicht mehr allzu weit entfernt sein.

So schnell wie er es in seinem Zustand vermochte, krabbelte er weiter, ohne dabei die gespreizten Hände zu zählen.

Einfach nur weiter und immer weiter.

Da! Ein frischer Lufthauch, das Zirpen von Grillen, der Wind in den Blättern.

Er beschleunigte noch einmal, achtete nicht auf die Erde in seinen Haaren, das Blut an seinen Händen, den Schmutz an seiner Kleidung.

Er wollte nur noch raus!

Raus aus diesem Dreckloch, raus aus seinem Gefängnis, raus an die frische Luft.

Noch wenige Meter.

Ein fahler Lichtschein traf seine Augen. Er konnte sein Glück kaum fassen.

Endlich wieder Licht!

Nach all diesen Stunden in völliger Dunkelheit.

Noch eine kleine Kurve und der Ausgang des Tunnels tauchte vor ihm auf.

Er hatte es geschafft!

Er war draußen, in Freiheit!

Mit letzter Kraft ließ er sich durch den mit Brennnesseln bewachsenen Ausgang rollen und blieb erschöpft auf den Steinen liegen.

Der Mond stand am wolkenlosen Himmel und verbreitete einen so beruhigenden Lichtschein, dass Wolfgang Moser vor Glück weinte.

Nie hätte er sich träumen lassen, einmal weinend, schmutz-starrend und blutverschmiert mitten im Steinbruch zwischen dem berühmten Montiggler Porphyr zu liegen - und dabei so glücklich zu sein, wie noch nie in seinem Leben.

Nach einigen Minuten beschloss er, dass es ein noch viel erstrebenswerterer Zustand war, geduscht im eigenen Bett zu liegen. Er rappelte sich mühsam auf. Seine Knie gaben nach, jeder Muskel tat ihm weh. Trotzdem schleppte er sich weiter auf den Weg, der den Steinbruch mit dem Hotel verband.

Auf halber Strecke drehte er sich um und warf einen Blick zurück.

Er stutzte.

War das nicht der Schein einer Taschenlampe? Auf dem Weg zum Schlösschen?

Zum ersten Mal seit Stunden kam ihm wieder ein Lächeln über die Lippen.

Der Entführer kam zurück.

Wolfgang Moser fand es fast schade, nicht dabei sein zu können, wenn der Verbrecher feststellen musste, dass das Vögelchen ausgeflogen war.

Langsam erreichte er das Hotel. Stolz und erhaben lag es zwischen Apfelbäumen und Weinreben.

Eine warme Welle des Glücks durchfuhr ihn.

Das war sein Werk, sein Zuhause, sein Leben.

Wie hatte er nur einen Augenblick lang daran denken können, dies alles aufzugeben und in diesem entsetzlichen Tunnel liegenzubleiben?

Das Hotel brauchte ihn - und er brauchte das Hotel.

Noch zehn oder fünfzehn Jahre würde er hier das Sagen haben, dann hatte er vor, sich zurückzuziehen und lediglich als Gärtner in seinem Hotel zu arbeiten.

Davon träumte er.

Doch im Moment hatte er zwei viel bescheidenere Wünsche: Duschen und Schlafen.

Kurz hatte er überlegt, in die Lobby zu gehen und sich zurückzumelden, doch die Vorstellung, seine Gäste würden ihn in diesem Zustand sehen, war nicht gerade verlockend.

Es war sicher schon nach Mitternacht. Er würde Christine überraschen und sich morgen beim Frühstück zeigen.

Das musste genügen.

28

Christine Moser und ihre Mitstreiter hatten das Schlösschen erreicht.

Alles war ruhig.

Das Absperrband flatterte leise im Wind.

Von der Gruppe unbemerkt versteckte sich der unbekannte Verfolger im Dickicht des Waldes und beobachtete das Geschehen.

Christine Moser stapfte zielstrebig auf das alte Gebäude zu, das sich unheimlich vor dem fahlen Nachthimmel abhob.

„Wolfgang!", rief sie halblaut durch eines der zerbrochenen Fenster und leuchtete mit ihrer Taschenlampe hinein, doch sie bekam sofort einen warnenden Stoß in die Seite.

„Spinnst du?", flüsterte Ricardo entsetzt. „Willst du unbedingt den Täter auf uns aufmerksam machen? Wie soll das jetzt überhaupt weitergehen? Wir haben keinen Schlüssel."

Iris und Miriam hielten sich etwas abseits. Sie hatten zwar angeboten, bei Wolfgangs Rettungsaktion dabei zu sein, doch wie sie jetzt in der Dunkelheit dastanden, das unheimliche Gemäuer und den tiefschwarzen See vor sich, verließ sie schnell der Mut. Iris klapperte mit den Zähnen, Miriam war starr vor Angst. Wie hatte sich Christine das vorgestellt? Sollten sie etwa die massive Tür aufbrechen und im Chaos, das im Inneren des Gebäudes herrschte, nach einem entführten Hotelchef suchen?

Es knackte hinter ihnen.

Miriam stieß einen spitzen Schrei aus und rannte ohne Rücksicht auf ihre neuen Turnschuhe geradewegs in Ricardos schützende Arme. Schließlich war er der einzige Mann in ihrem Quartett, der Einzige, der so etwas Ähnliches wie Sicherheit ausstrahlte.

„Was ist denn los, Mädchen?", fragte Ricardo amüsiert. „Ist dir der Wald unheimlich?"

„Da kommt jemand", entfuhr es der jungen Frau. Sie krallte sich panisch in Ricardos Jacke.

„Wer soll denn jetzt kommen? Vielleicht ein Igel oder ein Reh."

Noch bevor Ricardo den Satz zu Ende gesprochen hatte, zeichnete sich vor dem Dunkel der Bäume eine Gestalt ab, die näher kam.

Zitternd richtete Christine den Kegel ihrer Taschenlampe auf die Person.

„Ach, Sie sind das", entfuhr es ihr erleichtert, als sie den Mann erkannte.

„Guten Abend, die Herrschaften", begrüßte er die Gruppe belustigt. „In welcher Mission sind Sie denn hier mitten in der Nacht unterwegs?"

„Ach, wir wollten uns nur etwas umsehen", erklärte Christine Moser ausweichend. Sie konnte doch schlecht zugeben, dass sie losgezogen waren, um ihren Mann aus den Fängen eines gefährlichen Verbrechers zu befreien. „Und was führt Sie hierher? Konnten Sie nicht schlafen?"

Er deutete hinauf zum Vollmond, dessen Licht so hell war, dass es regelrecht Schatten warf.

„Wenn der Mond so hell scheint, finde ich keinen Schlaf", meinte er. „Früher war ich bei Vollmond sogar als Schlafwandler unterwegs. Meine Frau hat mich oft bei Minustemperaturen auf der Straße oder im Garten gefunden. Zum Glück ist das vorbei. Heute beschränkt sich das Ganze darauf, dass ich gar nicht erst einschlafen kann." Er zuckte mit den Schultern. „Als ich aus dem Fenster sah, habe ich den Schimmer einer Taschenlampe gesehen. Wissen Sie, durch diese bedauernswerten Ereignisse mit Ihrem Mann sind alle Gäste sehr aufmerksam geworden, was außergewöhnliche Vorkommnisse betrifft. Und der Schein einer Taschenlampe in der Nähe des Schlösschens ist für mich außergewöhnlich."

„Da haben Sie natürlich recht", stimmte Christine zu und beschloss, den Mann in ihr Vorhaben einzuweihen. „Wissen Sie, ich bin ziemlich sicher, dass Wolfgang im Keller des

Schlössls gefangen gehalten wird."

Der nächtliche Besucher riss die Augen auf.

„Wirklich? Wie kommen Sie darauf? Sind Sie sicher, dass das Schlössl überhaupt einen Keller hat? Immerhin steht es sehr nah am Wasser."

„Das stimmt", gab Christine zu. „Ich weiß gar nicht, ob es einen Keller gibt. Wir können auch nicht nachsehen, weil der Schlüssel verschwunden ist."

„Oh, Sie haben den Schlüssel zu diesem ehrwürdigen Gebäude?"

„Ja, normalerweise schon, aber seit ein paar Tagen ist er nicht mehr da."

„Da fällt mir etwas ein", bemerkte der Mann nachdenklich und wandte sich um. „Kommen Sie, ich habe gestern etwas entdeckt."

Er führte die Gruppe zu einer schräg in das Erdreich eingelassenen hölzernen Tür, die von dichtem Blätterwerk verdeckt war.

„Sehen Sie sich das an."

Er zog kräftig an einem rostigen Griff und öffnete quietschend die morsche Tür.

Vor ihnen gähnte ein pechschwarzes Loch. Christine Moser starrte mit ungläubigen Augen in die finstere Öffnung. Ein Schauer lief ihr über den Rücken. Sämtliche Nackenhaare stellten sich auf. Kühle, modrige Luft kam aus der Dunkelheit.

War das Wolfgangs Gefängnis?

Würde sie gleich ihren Mann in die Arme schließen können?

„Wolfgang?", rief sie vorsichtig ins Dunkle hinein, doch niemand antwortete.

„Ich habe diesen Zugang zufällig entdeckt. Es gab deutliche Fußspuren und abgeknickte Äste, und als ich die Zweige beiseitegeschoben habe, fand ich diese Tür. Der Schlüssel steckte von außen. Ich habe mich allerdings noch nicht hinunter gewagt, so allein."

Er blickte die anderen herausfordernd an.

„Aber jetzt, wo wir mehrere sind, können wir es doch versuchen. Vielleicht befindet sich Ihr Mann tatsächlich hier unten?"

Christine zögerte.

Der Schlüssel soll außen gesteckt haben? War es möglich, dass der Täter vergessen hatte, den Schlüssel abzuziehen?

„Was ist?", fragte der Mann ungeduldig. „Gehen Sie doch schon vor, Ricardo, Sie haben doch eine Taschenlampe."

Ricardo wich einen Schritt zurück.

„Oder gehen Sie voraus, Frau Moser. Wollen Sie jetzt Ihren Mann wiederhaben oder nicht?"

Alle Freundlichkeit war aus seiner Stimme verschwunden.

Plötzlich blitzte eine Pistole in seiner Hand.

„Hinein mit euch, aber schnell!", befahl er hart und unbarmherzig.

„Aber …"

„Kein Aber! Rein da! Und richtet Wolfgang schöne Grüße aus!"

Er lachte hämisch, während Christine und ihre Mitarbeiter nacheinander in dem dunklen Loch verschwanden.

Die Tür schlug hinter ihnen zu.

Sie waren gefangen!

29

Commissario Pagani rannte mit seinen Kollegen den Steg entlang auf das Schlösschen zu. Zuvor hatten sie noch Verstärkung angefordert und sich schusssichere Westen und Taschenlampen aus den Streifenwagen geholt.

Für die Polizisten war klar, was die Hotelchefin und ihre Mitarbeiter vorhatten, aber was war mit Herrn Völkl? Er hatte glaubhaft versichert, er sei Kunstsammler und nur aus fachlichen Gründen an den Werken Parers interessiert. Er war es auch, der den Hinweis auf Georg Köhler als nichtehelichen Sohn Parers geliefert hatte.

Aber womöglich was das alles nur ein Ablenkungsmanöver und dieser finster aussehende Mann mit dem blauen Auge war doch der gesuchte Verbrecher?

Pagani würde sich diese Nachlässigkeit nie verzeihen. Er hätte den Mann besser überprüfen, nach Zeugen für seinen angeblichen Unfall in Bozen suchen müssen.

Aber es hatte alles so plausibel geklungen.

Pagani rannte so schnell er konnte, was durch die steife Weste und die Waffe in der Hand noch erschwert wurde.

Plötzlich hörte er Stimmen und Geschrei. Es klang so, als kämpften mehrere Leute miteinander.

Keuchend erreichten die Beamten die Abzweigung zum Schlösschen. Der Lichtkegel ihrer Taschenlampen fiel auf zwei Männer. Einer von beiden, ein großer Mann mit weißem Haar, stand breitbeinig über dem zweiten und hielt eine Pistole auf ihn gerichtet.

„Commissario", wimmerte der Mann auf dem Boden. Er blickte Pagani voller Angst an. „Bitte helfen Sie mir! Dieser Mann bedroht mich."

„Lassen Sie die Waffe fallen, Völkl!", brüllte Pagani, während er wiederum seine Waffe auf den Weißhaarigen richtete. Auch Sabine Schmalgruber und die anderen Polizisten hatten mit ihren Pistolen Herrn Völkl im Visier.

„Aber Commissario", entgegnete Völkl überrascht. „Dieser Mann ist der Entführer."

„Was erzählen Sie für einen Quatsch!", fuhr ihm Pagani ungehalten über den Mund. „Geben Sie mir sofort die Pistole, sonst müssen wir das Feuer eröffnen!"

„Herr Pagani", startete Völkl einen neuen Versuch, doch Pagani entsicherte bereits seine Waffe.

„Wenn Sie meinen", gab Völkl resigniert zurück und reichte einem Uniformierten die Waffe.

Sofort stürzte sich Pagani auf ihn, riss ihm ruckartig die Arme auf den Rücken und legte ihm Handschellen an.

„Abführen!", wies er die Kollegen an, während er dem anderen Mann beim Aufstehen half.

„Ist Ihnen etwas passiert?", fragte Pagani besorgt.

„Nein, es geht schon. Vielen Dank, Commissario, das war Rettung in letzter Sekunde. Fünf Minuten später und der Kerl hätte mich vielleicht …"

„Glauben Sie ihm kein Wort!", schrie Völkl verzweifelt. „Er hat Frau Moser und ihre Mitarbeiter in den Keller gesperrt! Er ist der Täter und ich habe ihn überwältigt!"

„Und ich habe Sie überwältigt!", gab Pagani energisch zurück. „Bringen Sie ihn endlich weg!"

30

Das war knapp!

Doch offensichtlich meint es das Schicksal gut mit mir.

Zunächst sah es nicht danach aus.

Wie konnte Moser nur entkommen? Die Tür war fest verschlossen, der Schlüssel bei mir.

Und dann auch noch dieser lächerliche Rettungsversuch vom Personal.

Ha!

Als ob ein Grüppchen Hotelangestellter in der Lage wäre, es gegen mich aufzunehmen.

Es hat richtig Spaß gemacht, zu beobachten, wie diese selbsternannten Helden zitternd in dem dunklen Loch verschwunden sind.

Alles ist gut gelaufen, bis dieser weißhaarige Riese aufgetaucht ist. Da dachte ich, jetzt ist es vorbei, aber zum Glück kam ja die Polizei, dein Freund und Helfer.

Ich musste mir regelrecht das Lachen verbeißen, als sie den Weißhaarigen abgeführt haben.

Die Menschen sind so leicht zu täuschen.

Jetzt habe ich vier Geiseln statt einer, aber ich darf mir nichts vormachen. Die Polizei wird nicht lange brauchen, um die Leute zu finden. Wichtig ist, dass ich jetzt schnell verschwinde.

Ich finde die Bilder, Mama, verlasse dich auf mich!

Ich habe es dir versprochen!

31

Die Gruppe machte sich langsam auf den Rückweg. Pagani war froh, den Schuldigen so schnell und ganz ohne Blutvergießen gefasst zu haben. Er spürte, wie ihn eine bleierne Müdigkeit erfasste. Seine Beine wurden schwer, die Anspannung fiel von ihm ab.

Der Fall war gelöst, fast gelöst, denn sie hatten noch immer nicht den Hotelchef befreit. Darüber hinaus wussten sie nicht, wo sich seine Frau und die anderen Angestellten befanden, aber das würde sich bestimmt in der nächsten Stunde klären.

„Commissario", flüsterte Sabine Schmalgruber und zog ihn am Jackenärmel zur Seite.

„Was ist denn?", gab er unwirsch zurück.

„Ich glaube noch nicht so recht daran, dass Völkl der Täter ist. Vielleicht ist ja an der Aussage, dass der andere Mann Frau Moser und die anderen in den Keller gesperrt hat, doch was dran?"

„Wie kommen Sie denn darauf? Das ist allein Völkls blühender Phantasie entsprungen."

Pagani wollte nichts davon hören, dass er womöglich wieder den Falschen erwischt hatte. Er wollte endlich diesen nervigen Fall abschließen und dieses verlassene Tal ein für alle Mal hinter sich lassen.

„Ich habe vorhin Stimmen gehört."

Pagani blieb stehen. „Stimmen? Wo und welche Art Stimmen?"

„Hilferufe."

„Was? Woher kamen die?"

„Irgendwo aus der Nähe des Schlösschens. Ich habe versuchte, es näher zu lokalisieren, da war es wieder ruhig."

Pagani stieß einen Fluch aus.

„Verdammt! Und deshalb soll ich jetzt das ganze Gebiet um dieses scheußliche Haus absuchen lassen? Nur weil Sie meinen, etwas gehört zu haben?"

„Commissario. Denken Sie doch einmal nach. Frau Moser und ihre Mitarbeiter sind vielleicht eine Viertelstunde vor uns aufgebrochen. Sie sind bestimmt hierher gegangen. Wo sollen sie denn sonst sein? Wir müssen es versuchen."

Der entschlossene Tonfall überzeugte Pagani. Leise schlichen sie zum Schlösschen zurück und lauschten. Tatsächlich!

Aus dichtem Blätterwerk unweit des Gebäudes drangen dumpfe Schreie.

„Hilfe! Wir sind hier unten!"

Pagani starrte seine Kollegin an.

Fieberhaft begannen sie, das Gebüsch zur Seite zu schieben und stießen nach kürzester Zeit auf eine alte bemooste Holztür mit einem rostigen Schloss, in dem allen Ernstes der Schlüssel steckte.

Es sah ganz so aus, als sei der Täter auf frischer Tat ertappt worden.

Aber wer hatte wen ertappt?

Pagani öffnete die Tür.

„Hallo? Frau Moser?", rief er in die dunkle Öffnung hinein. „Sind Sie hier?"

„Ja, Commissario!"

Mit zerzaustem Haar und verweinten Augen erschien Christine Moser und fiel Pagani spontan vor Freude um den Hals.

Irritiert befreite sich der Commissario aus dem Griff der Frau. Solch überschwängliche körperliche Annäherungen waren ihm äußerst unangenehm.

„Haben Sie den Kerl? Er hat uns mit einer Pistole bedroht!"

„Wen meinen Sie?", fragte Pagani vorsichtig. Er hoffte, Frau Moser würde Herrn Völkls Namen nennen, doch den Gefallen tat sie ihm leider nicht.

„Na Bernd Hofmann!", rief sie fassungslos. „Der Mann sieht so harmlos aus, ist aber ein kaltblütiger Verbrecher, der nicht davor zurückschrecken würde, diese grauenvolle Waffe auch zu benutzen!"

„Bernd Hofmann?", wiederholte Pagani ungläubig.

„Wollen Sie damit sagen, Sie haben ihn nicht?" Christine Moser war entsetzt.

„Doch", stotterte Pagani, „so gut wie."

Hektisch blickte er sich um.

„Wo ist er?", rief er Sabine Schmalgruber zu. Sie liefen den Steg entlang, doch der vermeintlich freundliche Herr, den sie vor wenigen Minuten aus den Fängen eines Verbrechers geglaubt befreit zu haben, war verschwunden.

„Wir brauchen Verstärkung!", schrie er, zog sein Handy aus der Tasche und rannte in Richtung Hotel. „Er kann noch nicht weit sein! Lassen Sie die Straße absperren!"

Commissario Pagani rannte den Steg entlang. Er schwitzte. Nach einigen Minuten blieb er stehen und riss sich keuchend die kugelsichere Weste vom Leib. Sie hatten ja die Pistole sichergestellt und es war nicht anzunehmen, dass Hofmann eine zweite Waffe bei sich hatte.

Wo war dieser Kerl nur hin? Er hatte sie an der Nase herumgeführt, sie getäuscht.

Voller Wut rannte er weiter.

Es führte nur eine einzige Straße in das Tal hinein, und die wurde abgesperrt. Hofmann musste also zu Fuß durch den Wald flüchten.

Pagani fluchte.

Er kannte sich hier überhaupt nicht aus, hatte nie auch nur eine Wanderkarte der Gegend zu Gesicht bekommen. Wie sollte er in der Dunkelheit einen Flüchtenden finden, der sich bestimmt mit den Gegebenheiten vertraut gemacht hatte?

So schnell er konnte lief er weiter am See entlang.

Es wird eng.
Vielleicht habe ich diesen Commissario doch unterschätzt.
Offenbar haben sie die Chefin bereits aus ihrem Gefängnis befreit.
Schade.
Ich hatte gehofft, noch rechtzeitig mein Auto zu erreichen, aber die Straße ist bereits abgesperrt. Überall sind

Polizisten unterwegs.

Zum Glück habe ich Heike gleich Bescheid gegeben, als Pagani diesen Völkl verhaftet hatte. Es war ja klar, dass Frau Moser meinen Namen nennen würde, sobald sie befreit wäre.

Ich hoffe, Heike hat es geschafft, das Tal zu verlassen, noch bevor die Straße abgesperrt war. Sie wird mich in Bozen erwarten.

Dieser Polizist ist hartnäckiger als ich dachte. Er lässt sich einfach nicht abschütteln.

Pagani hatte den See fast zur Hälfte umrundet, da entdeckte er vor sich eine Gestalt.

Hofmann!

„Bleiben Sie stehen!", brüllte er dem Flüchtenden zu. „Sie haben keine Chance!"

Doch der Mann vor ihm reagierte nicht.

Der Commissario zog seine Pistole aus dem Halfter und rannte verbissen weiter.

„Stehenbleiben oder ich schieße!"

Der Abstand zwischen den beiden Männern verringerte sich nur langsam. Bernd Hofmann musste zwar fast 15 Jahre älter sein als Pagani, wirkte aber sehr fit und durchtrainiert. Er schien keine konditionellen Probleme zu haben, während Paganis Beine langsam schwer wurden.

„Stehenbleiben!", keuchte er.

Noch 50 Meter, 30 Meter …

Pagani stolperte, strauchelte und stürzte beinahe in die Brennnesseln am Rande des Weges.

In diesem Augenblick hörte er ein lautes Platschen, als sei etwas Schweres ins Wasser gefallen. Er rappelte sich auf und blickte fassungslos auf das Wasser. Hofmann versuchte ernsthaft über den See abzukürzen!

Pagani hatte keine Wahl.

Hektisch zog er Jacke und Stiefel aus und sprang kopfüber hinterher.

Das kalte Wasser ließ sein Herz für einen Moment

aussetzen, er spuckte und hustete während er versuchte, seinen Kopf über Wasser zu halten. Er schwamm so schnell er konnte. Die nasse Hose schien ihn förmlich in die Tiefe zu ziehen. Doch seine Wut auf Hofmann setzte genügend Energien frei.

Der Abstand zu dem Mann vor ihm schien größer zu werden. Paganis Schwimmbewegungen wurden langsamer. Er war erschöpft, atmete röchelnd. Und doch lag das rettende Ufer in greifbarer Nähe. Verbissen versuchte er noch einmal, die Geschwindigkeit zu erhöhen. Nur noch wenige Meter, dann hätte der Flüchtende das Ufer erreicht.

Unterdessen waren mehrere Beamte am Uferweg unterwegs zu der Stelle, an der Hofmann vermutlich aus dem Wasser klettern würde, doch sie würden wahrscheinlich zu spät kommen.

„Hofmann! Geben Sie auf!", prustete Pagani und schluckte einen Schwall Wasser.

Er schwamm wie noch nie in seinem Leben, als er spürte, wie sich eine Wasserpflanze um sein rechtes Bein schlang.

Er strampelte wie wild, doch statt sich aus den Fängen der Pflanze zu befreien, verhedderte er sich immer mehr darin.

Wilde Panik erfasste ihn. Er schlug um sich und brüllte aus Leibeskräften um Hilfe.

Das kalte Wasser rann ihm in Ohren, Nase und Mund.

Ihm wurde schwindelig.

Ich habe ihn abgehängt.

Offenbar ist der Herr Polizist doch nicht so gut trainiert wie ich befürchtet hatte - zumindest nicht im Wasser.

Er scheint unterzugehen.

Schade um ihn. Er war ein so engagierter Commissario.

Ich kann mir ein Grinsen nicht verkneifen.

Jetzt habe ich genug Vorsprung.

Bis die anderen Polizisten um den See herumgelaufen sind, bin ich längst über alle Berge.

Da bemerkte Pagani eine weitere Gestalt, die sich vom gegenüberliegenden Ufer aus ins Wasser gestürzt hatte und nun mit eleganten Kraulbewegungen auf ihn zusteuerte.

Sabine Schmalgruber!

Pagani hielt den Atem an.

Er hatte Todesangst.

Der Ohnmacht nahe spürte er, dass sein Bein plötzlich wieder frei war. Er wurde mit einem resoluten Griff am Oberarm gepackt, auf den Rücken gedreht und von jemandem, der genau wusste was er tat, übers Wasser gezogen.

Kurz darauf lag er schlotternd auf dem weichen Waldboden. Er röchelte, hustete und spuckte.

„Geht es wieder?", hörte er die gedämpfte Stimme seiner Kollegin durch die mit Wasser gefüllten Ohren.

Er nickte schwach. „Was ist mit Hofmann?"

Sabine Schmalgruber zuckte mit den Schultern.

„Ich musste mich entscheiden: Entweder einen Verbrecher fassen, oder meinen Chef retten", meinte sie staubtrocken.

„Gute Entscheidung", japste Pagani und rappelte sich mühsam auf. „Wir müssen den Kerl erwischen, die Kollegen brauchen viel zu lange, bis sie hier sind."

Mit diesen Worten rannte er auf Strümpfen und mit tropfnasser Hose in den dunklen Wald hinein.

Sabine Schmalgruber stürzte kopfschüttelnd hinterher.

Es scheint, als sei der Commissario doch noch gerettet worden. Die beiden folgen mir, aber sie haben bei den schlechten Lichtverhältnissen keine Chance. Ich habe die Karten genau studiert, kenne jeden Pfad, auch in der Dunkelheit. Das bisschen Mondlicht reicht mir völlig. Ich muss nur aufpassen, beim Laufen keine Geräusche zu machen.

„Porca miseria!", fluchte Pagani laut. „Ich habe die Taschenlampe am anderen Ufer liegenlassen. Die Pistole funktioniert wahrscheinlich auch nicht mehr."

Die beiden stolperten so schnell sie konnten durch die Finsternis in die Richtung, aus der immer wieder das Knacken von Ästen oder Rascheln von Blättern zu hören war. Spitze Steine und Äste bohrte sich schmerzhaft in Paganis Fußsohlen, immer wieder stieß er mit dem Fuß an eine Wurzel. Unter dem dichten Blätterwerk konnte man kaum die Hand vor Augen erkennen, geschweige denn einen ausgebauten Weg. Lediglich dort, wo die Bäume etwas weiter auseinander standen, drang ein fahler Schein des Mondlichtes auf den Waldboden.

Pagani lief weiter, den Blick starr nach unten geheftet. Sabine Schmalgruber hatte ihn längst überholt. Sie rannte so schnell und zielsicher voraus, als sei es taghell. Hatte sie ihre Schuhe noch an? Hatte sie unbemerkt ein Nachtsichtgerät aus ihrer nassen Hose gezaubert?

Pagani schimpfte in sich hinein, während er über Wurzeln und Gehölz stolperte. Ein herabhängender Zweig streifte sein Gesicht und hinterließ schmerzhafte, zum Teil blutende Schrammen.

Dazwischen blieb er immer wieder stehen und lauschte angestrengt in die Nacht.

Wo blieb nur dieser verdammte Hubschrauber? Er hatte ihn vor über einer halben Stunde angefordert.

Kaum hatte er den Gedanken zu Ende gedacht, wurde die Stille des Tals durch ohrenbetäubend lautes Knattern durchbrochen.

Wie ein überdimensionales Rieseninsekt tauchte der Hubschrauber über den Wipfeln der Bäume auf und ließ das grelle Licht des Suchscheinwerfers über den Wald gleiten.

Jetzt hatten Pagani und Sabine Schmalgruber zwar ab und zu Licht, doch es war nicht mehr möglich, den Geräuschen des Flüchtenden zu folgen.

Sie mussten sich darauf verlassen, dass die Besatzung des Riesenvogels Hofmann zwischen den Bäumen entdecken würde.

Ein Hubschrauber!
Meine Ohren vibrieren, ich spüre den Sog der Rotorblätter.
Er kommt tiefer, leuchtet alles aus.
Das Laub wird durch die Luft gewirbelt, ich kann kaum die Augen offen halten. Schweiß bricht mir aus allen Poren.
Ich versuche, mich vor dem bedrohlichen Licht des Suchscheinwerfers zu verstecken, blicke immer wieder nach oben, fühle mich gehetzt, gejagt wie ein wildes Tier.

Ich laufe über eine glitschige Wurzel, rutsche ab und spüre noch im Fallen einen entsetzlichen Schmerz in meinem Knöchel.
Verzweifelt sitze ich auf dem feuchten Waldboden und halte mir das schmerzende Gelenk.
Nein! Ich habe mir den Fuß verletzt.
Ich versuche aufzustehen, doch die Schmerzen sind unerträglich. Im grellen Schein des Hubschraubers hocke ich wehrlos da.
In wenigen Minuten werden die Polizisten da sein.
Es ist vorbei.

Der Hubschrauber blieb in der Luft stehen. Der Suchscheinwerfer war auf eine bestimmte Stelle gerichtet.
Pagani und Sabine Schmalgruber bot sich ein gespenstisches Szenario:
Auf einer kleinen Lichtung lag Bernd Hofmann mit schmerzverzerrtem Gesicht im wackeligen Lichtschein auf dem Waldboden und hielt sich das rechte Bein.
„Sie sind verhaftet!", brüllte Pagani gegen das unerträgliche Knattern des Hubschraubers an. Seine junge Kollegin zog ein Paar Handschellen von der Gürtelschlaufe ihrer durchnässten Uniformhose und legte sie dem wehrlosen Mann an.
„Wo ist Wolfgang Moser?", stieß Pagani erschöpft hervor, doch Hofmann schüttelte den Kopf.
„Das weiß ich nicht. Der Keller war leer, er muss geflohen sein. Ich glaube, ich habe mir den Fuß gebrochen."
„Das wird Ihr geringstes Problem sein", gab Pagani ungnädig zurück.
In diesem Moment sah er die Taschenlampen der Kollegen zwischen den Bäumen hervorblitzen.

32

Das Feuer in den großen Schalen knisterte heimelig. Die Flammen fraßen sich gierig durch das trockene Holz und verbreiteten einen warmen Schimmer in der Lounge vor dem Hotel. Die Gäste lümmelten zufrieden mit einem köstlichen Abendessen im Bauch und einem Getränk in der Hand in den gemütlichen Korbsesseln und warteten gespannt auf Herrn Moser.

Es war zwar nicht Donnerstag, sondern Samstag, aber es würde trotzdem eine Vorstellung der Mitarbeiter geben - aus besonderem Anlass, wie der Hotelchef hatte verlauten lassen.

Helene und Hartmut Öchsner saßen in Decken gewickelt an einem der Tische und waren froh über den glimpflichen Ausgang der aufregenden Ereignisse. Auch das Ehepaar Köhler hatte sich zu ihnen gesellt. Irmgard war am späten Vormittag wieder aus der Klinik entlassen worden. Die Rehabilitation ihres Mannes hatte maßgeblich zu ihrer Genesung beigetragen.

„Ist es nicht unfassbar, dass dieser freundliche, sympathische Mann zu so einem Verbrechen fähig sein kann?", fragte sie in die Runde. „Das hätte man ihm doch nie zugetraut."

„Ich bin auch noch ganz schockiert", stimmte Helene zu. „Was ist eigentlich mit seiner Frau? Meint ihr, sie wusste von den Machenschaften ihres Mannes?"

„Ich kann mir nicht vorstellen, dass man so etwas vor dem Partner verheimlichen kann", vermutete Hartmut. „Ich habe gehört, er steckt in finanziellen Schwierigkeiten und hat gehofft, sich durch den Verkauf der Bilder wieder finanziell erholen zu können."

„Woher wusste er denn überhaupt von dieser Geschichte mit den Bildern?", wollte Georg Köhler wissen.

„Er ist der Sohn einer ehemaligen Angestellten des Hotels, der Max Parer angeblich die Bilder überlassen hat", berichtete Hartmut. „Frau Moser hat erzählt, dass sich diese junge Frau damals rührend um den Maler gekümmert hat."

„Also gibt es die Bilder doch?"

Hartmut zuckte mit den Schultern. „Das weiß niemand so genau. Manche im Dorf behaupten, die Gemälde wurden der Frau gestohlen, manche sind überzeugt davon, dass es sie nie gegeben hat."

„Und wie kam Hofmann dann auf die Idee, Wolfgang Moser könnte wissen, wo sie versteckt sind?"

„Vielleicht hat er einfach nur die Geschichte gehört, die man sich im Dorf immer erzählt hat. Angeblich hat Moser manchen Gästen gegenüber erwähnt, er wisse, wo das Versteck ist. Er konnte ja nicht ahnen, dass irgendjemand diesem Gerede Glauben schenken würde."

„Ich habe wiederum gehört, dieser Kerl habe davon erfahren, dass ein nichtehelicher Sohn Parers aufgetaucht ist", meldete sich Irmgard zu Wort. „Womöglich hat er seinen Aufenthalt hier im Gartenhotel absichtlich so geplant, dass der Verdacht automatisch auf Georg fallen musste. Dabei wollten wir doch nur einmal sehen, wo Georgs Vater gelebt hat und wer ihn vielleicht gekannt hatte."

„Warum habt ihr denn nichts davon erzählt?", wunderte sich Helene.

Irmgard bekam feuchte Augen. „Wir dachten doch nicht, dass das irgendjemanden interessieren würde. Und als dann Herr Moser verschwunden war wollten wir nicht, dass Georg damit in Verbindung gebracht wird." Sie zog ein Taschentuch hervor.

Ihr Mann legte ihr beruhigend seine Hand auf den Arm.

„Beruhige dich. Es ist vorbei. Wir können froh sein, dass ihn die Polizei letzte Nacht noch ergreifen konnte. Hoffentlich wird er auch angemessen bestraft. Ich schlage vor, wir genießen den schönen Abend und den letzten Rest unseres Urlaubs."

Ein großer Mann in Jeans und weißem Sakko trat an ihren Tisch.

„Guten Abend, die Herrschaften. Darf ich mich einen

Augenblick zu Ihnen setzen?", fragte Hans Völkl verschmitzt.

„Aber gern doch", gab Helene in ähnlichem Tonfall zurück
und lachte den Mann fröhlich an. „Wir fühlen uns sehr
geehrt, mit dem Retter unseres Hotelchefs an einem Tisch
sitzen zu dürfen. Sie waren großartig. Ein richtiger Held.
Wie Sie diesen Mann mit der Pistole in Schach gehalten
haben. Toll!"

„Ach, offenbar hat sich schon jedes Detail im Hotel
herumgesprochen, was?"

„Aber Herr Völkl, nicht so bescheiden. Es hätte nicht jeder
den Mut gehabt, sich in eine solche Gefahr zu begeben."

Endlich erschien Wolfgang Moser in der Lounge.

Er wirkte erschöpft, aber glücklich.

Einzelne Gäste begannen unwillkürlich zu klatschen, was
sich schnell zu einem begeisterten Applaus steigerte.

„Liebe Mitarbeiter, liebe Gäste", begann der Hotelchef
verlegen. „Ich kann gar nicht beschreiben, wie froh und
erleichtert ich bin, nach all den beunruhigenden Ereignissen
vor Ihnen stehen zu dürfen. Glauben Sie mir, es gab in den
vergangenen Tagen oft Momente, an denen ich ernsthaft
daran gezweifelt habe, jemals wieder hier sein zu können.
Ich möchte mich an dieser Stelle von ganzem Herzen bei
Herrn Köhler für die Unannehmlichkeiten entschuldigen.
Bitte erlauben Sie mir, Sie als kleine Entschädigung zu einer
Woche Urlaub hier im Gartenhotel einzuladen. Sie sollen
doch unser Montiggl nach wie vor in guter Erinnerung
behalten."

Georg Köhler lächelte verlegen, als ihm Wolfgang Moser
energisch die Hand schüttelte.

„Auch bei unserem Helden Herrn Völkl muss ich mich
entschuldigen. Ich habe gehört, dass er zwischenzeitlich ins
Visier einer europaweit agierenden Hobby-Ermittlerin
geraten war und diese nur schwer von seiner Unschuld
überzeugen konnte."

Er zwinkerte Helene Öchsner belustigt zu und klopfte Völkl
freundschaftlich auf die Schulter.

„Dafür und natürlich für die spektakuläre Überwältigung des
Täters möchte ich auch Sie mit einer Woche Urlaub in

unserem Hause entschädigen."

Wieder brandete begeisterter Applaus auf.

„Und jetzt möchte ich Ihnen meine mutigen Mitarbeiter und Mitarbeiterinnen vorstellen, die sich aller Gefahren zum Trotz mitten in der Nacht aufgemacht haben, um mich zu retten. Ich bin stolz auf euch."

Es wurde ein langer Abend mit Dankesworten und Erzählungen, doch eine Frage blieb unbeantwortet:

Wo sind die verschwundenen Gemälde und gibt es sie überhaupt?

Epilog

Die Luft in der kleinen Küche ist angefüllt vom Rauch des Herdfeuers und dem Duft nach frisch aufgebrühtem Kaffee. Am klobigen Küchentisch sitzt eine alte Frau in Kittelschürze, geflicktem Pullover, löchrigen brauen Strumpfhosen und ausgetretenen wollenen Hausschuhen. Aus dem grauen, fadenscheinigen Kopftuch spitzt hier und da eine dünne Strähne ihres schneeweißen Haares hervor. Mit zittrigen Händen hält sie eine abgeschlagene Tasse mit tiefschwarzem, dampfendem Kaffee umklammert.

Schluck für Schluck schlürft sie vorsichtig das heiße Getränk, während der Blick ihrer kleinen, wachen Augen auf das Titelblatt der Tageszeitung fällt.

HOTELCHEF AUS DEN HÄNDEN EINES ENTFÜHRERS BEFREIT
Rätsel um verschollene Parer-Bilder noch nicht gelöst

Da huscht ein verschmitztes Lächeln über das faltige Gesicht. Die Frau steckt sich genüsslich den Rest eines Kuchenstückes in den Mund und wischt die Krümel vom Tisch. Die Katze wird sich über den Nachtisch freuen.

Langsam erhebt sie sich, räumt ihr Geschirr in die Spüle und legt die Zeitung in einen Korb neben dem Feuerholz. Das Titelblatt faltet sie sorgfältig zusammen und verstaut es mit einigen anderen Artikeln in der obersten Schublade des wuchtigen Küchenbuffets.

Schwer auf einen Gehstock gestützt, eine dicke Strickjacke um die schmalen Schultern gelegt, verlässt sie die heimelige Wärme der Küche und schlurft den kalten, zugigen Flur entlang bis zur Kellertreppe.

Im wackeligen Schein einer verstaubten, nackten Glühbirne macht sie sich daran, Stufe für Stufe schwer atmend in das Kellergewölbe des alten Hauses hinabzusteigen. Feuchte Kälte schlägt ihr entgegen, Heerscharen von dicken, schwarzen Spinnen lauern in ihren Netzen auf Beute.

Endlich hat sie den winzigen Raum erreicht, in dem lediglich ein massiver Schrank steht. Mit klammen Fingern fischt sie einen filigran gearbeiteten Schlüssel aus ihrer Schürzentasche, steckt ihn mit einiger Mühe in das kleine Schloss und dreht ihn um.

Das Innere des Schrankes ist vollständig mit einem wunderschönen tiefroten Samtstoff ausgekleidet. Dahinter befindet sich eine Schicht aus weichem Dämmmaterial und einer wasserundurchlässigen Plastikfolie, wie man sie zur Isolierung von Dächern verwendet.

Eingebettet in diesen weichen, flauschigen, roten Traum, beleuchtet von zwei winzigen Strahlern, die beim Öffnen der Tür automatisch angeschaltet werden, liegen vier unterschiedlich große Gemälde. Sie alle zeigen die Schönheit Südtirols und tragen an der rechten unteren Ecke das Zeichen des Malers, von dessen Hand sie stammen:

Max Parer

ENDE

Anmerkung der Autorin:
Die Krimihandlung dieses Romans und alle Personen, mit Ausnahme der Hotelmitarbeiter, sind frei erfunden. Ähnlichkeiten mit lebenden oder verstorbenen Personen sind rein zufällig und von der Autorin nicht beabsichtigt.

Der ursprüngliche Roman „Bilderrätsel – Ein Gartenhotel Moser Krimi" wurde 2015 exklusiv für das Gartenhotel Moser in Montiggl/Südtirol geschrieben und in den Jahren 2015/2016 ausschließlich an die Gäste des Hotels ausgegeben. Der Krimi liegt nun erstmals in einer überarbeiteten Form als frei erhältlicher Roman vor.

Danksagung:
An dieser Stelle möchte ich mich ganz herzlich bei Wolfgang und Christine Moser sowie dem ganzen Team des Gartenhotels für die konstruktive Zusammenarbeit bedanken. Ich habe die Hotelaufenthalte, die für die Recherche nötig waren, sehr genossen und kann jeder Leserin und jedem Leser einen entspannenden Urlaub im Gartenhotel Moser wärmstens empfehlen.

Monika Martin

„Diebesgut"
**Commissario Pagani ermittelt
im Südtiroler Unterland**

EIN UNERWARTETES ERBE
UND EINE HOTELCHEFIN
IN NOT

Erschienen im September 2022
bei Books on Demand GmbH,
Norderstedt

„Diebesgut" ist auch als E-Book im Handel erhältlich.

Zum fünfzigsten Todestag des berühmten Südtiroler Malers Max
Parer findet im Gartenhotel Moser in Montiggl/Südtirol eine
Ausstellung unbekannter Gemälde des Künstlers statt.
Christine Moser, Hotelchefin und Organisatorin der Ausstellung,
hat in mühevoller Kleinarbeit bisher noch nie gezeigte Werke aus
der ganzen Region zusammengetragen, doch am Tag der Er-
öffnung kommt es zum Eklat: Ausgerechnet die Aquarelle, die
Wolfgang Moser kurz zuvor geerbt hatte, sollen angeblich
Diebesgut sein. Zum Entsetzen aller Gäste werden die Gemälde
gestohlen und Christine entführt …

Das Buch ist im März 2020 als Hotelkrimi „Diebesgut – ein
Gartenhotel Moser-Krimi" erschienen und wurde bis Ende 2022
exklusiv an die Hotelgäste ausgegeben.

Monika Martin

„Apfelrausch"
**Commissario Pagani ermittelt
in Südtirol**

APFELERNTE IN SÜDTIROL
UND EIN UNERWARTETER
FUND

Erschienen im September 2013
bei Books on Demand GmbH,
Norderstedt

„Apfelrausch" ist auch als E-Book im Handel erhältlich.

Edith Kössler referiert bei der Obstgenossenschaft Kaltern/Südtirol
über den Einsatz eines umstrittenen Verfahrens zur Lagerhaltung
von Kernobst. Im Laufe der Veranstaltung kommt es zu
Meinungsverschiedenheiten und Provokationen seitens einzelner
Apfelbauern. Noch am selben Abend wird sie erschlagen und in
einem verlassenen Haus am Mendelpass versteckt.
Der eigensinnige Commissario Roberto Pagani, strafversetzt nach
Bozen, nimmt die Ermittlungen auf. Zu seinem Entsetzen muss er
mit seinem alten Bekannten Kommissar Attila zusammen-
arbeiten…

*"Die Autorin versteht es hervorragend, eine Kriminal-
geschichte mit der "großen" Geschichte zu verbinden."*
(Schwabacher Tagblatt)

Weitere Veröffentlichungen von Monika Martin:

In der Reihe „*Ermitteln wo andere Urlaub machen*":

„*Diebesgut*", September 2022
„*Apfelrausch*", September 2013
„*Schattenschlag*", Februar 2012
„*Hitzewelle*", Juli 2010
„*Die Tote im See*", August 2008

In der Reihe „*Krimis mit Geschichte*":

„*Kabine 28*", September 2021
„*Findelkind*", Oktober 2019
„*Teichwächter*", März 2018
„*Rauschgoldengel*", Oktober 2016
„*Hochgericht*", Dezember 2014

Alle Krimis sind auch als E-Book im Handel erhältlich.

Informationen unter: www.monika-martin-krimi.de